光文社文庫

文庫書下ろし

おもいでの味
よりみち酒場 灯火亭

石川渓月

光　文　社

この作品は光文社文庫のために書下ろされました。

もくじ

夢の味

引き戸が開き師走の風を連れて口開けの客が入ってきた。

「いらっしゃいませ」

城亜海はカウンターを拭く手を止めて声をかけた。

「相変わらず元気だけはいいわね」

入ってきたのは美佐樹先生だ。三十七歳、私立の女子高の教師で常連中の常連。今日は少々お疲れの様子だ。

美佐樹先生はカウンターのいつもの席に座った。

「ホッチャレモン、薄くていいからね」

美佐樹先生は冬の間、亜海がホッチャレモンと名付けた焼酎のホットウーロン茶割りレモン入りという、粋とは言えない飲み物が定番だ。

「それから締めはいつものにするから、一人前取っておいてね」

「ありがとうございます」

カウンターの中に戻ると、板場に立つユウさんと目が合った。

今日は黒の作務衣(さむえ)に身を包んでいる。ショートカットに薄い化粧、切れ長の目に引き締まった口元。見つめられると、心の奥まで読まれているような深い目。その目が亜海を見て笑っている。

亜海は思わずニンマリした。美佐樹先生の締めと言えば鶏飯(けいはん)と決まっている。鶏飯は亜海の故郷、奄美(あまみ)のソウルフードだ。

先月、ようやく亜海の作った鶏飯がユウさんの試食に合格したのだ。最初の試食から半年以上がたっていた。

早く鶏飯を食べさせてくれと言い続けていた美佐樹先生がタイミングよく最初のお客さんになり、以来、締めには鶏飯を注文してくれる。

「お待たせしました」

ホッチャレモンをカウンターに置いた。

美佐樹先生は、ひと口飲んで大きく息をはいた。

「お忙しいんですか」

「毎年のことだけど、受験の季節になると、教室も教員室もピリピリしてね。今日は進路相談がぽっかり空いたんで、さっさと引き上げてきたってわけ」

相当お疲れの様子だ。

「前から失礼します」

ユウさんがカウンター越しにお皿を差し出した。

受け取った美佐樹先生の顔がほころんだ。

アラ大根だ。

「今日のアラは真鯛ですから、ちょっと洒落たお味よ」

ユウさんの説明を聞いているのかいないのか、美佐樹先生はさっそく箸を取って大根を口に運んだ。

「これこれ。ユウさんの煮物は幸せの味がする」

さっきまで仕事の疲れを引きずっていた美佐樹先生が、すっかり元気になっている。

これが亜海が目指すユウさんパワーだ。

師走の道玄坂は大勢の人が忙しそうに行き交っている。

亜海は喫茶店の窓際の席に座って人の流れを横目で見ながらココアの入ったカップを

手にした。

今日は代官山の書店に行き、日本酒に関する本を買ってきた。

灯火亭は年配の男性が多いので日本酒も結構出るのだが、亜海はこれまでほとんど日本酒を飲まなかったので知識がなかった。

ユウさんに話すと、実際に飲んでみるのが一番と言われ、このところ家には近所の酒屋で買い集めた純米酒や大吟醸の瓶が並んでいる。

窓の外に目を移した。人の流れは相変わらず忙しそうだ。十ヶ月前までは亜海もこうした人の群れの一人だった。土日も関係なく徹夜は当たり前。ライバル会社の動向を横目で見ながら走り続けていた。

そんな生活に戻りたいとは思わないが、街を行く人の流れを見ていると、ふと自分が世の中の流れから置き去りにされているような気になることがある。

亜海はあと数日で三十歳の誕生日を迎える。今の時代、まだまだ気にする歳ではないと思っても、全く気にならないと言えば嘘になる。

仕事、結婚、出産。どれ一つ具体的な将来像は持っていない。ゆっくりココアなんか飲んでいていいのだろうか。このところそんな小さな焦りと不安が定期的に心の隅に顔を出す。

大学時代の友人にこの話をしたら、三十歳直前にはみんなそんな気になるらしい。その友人曰く、三十歳になってしまえば不思議なくらい気にならなくなるのだそうだ。

「焦ることはないか」

今はユウさんを信じた自分を信じる。それで十分。この歳で、これだけ夢のある職場に巡り合えたことをありがたいと思おう。

つまらない考えを追い払い、改めてカップに手を伸ばした。

カウンターには大沢社長が久しぶりに奥さまと並んで座っている。社長は熱燗、心臓の病気で一時入院し退院したばかりの奥さまは日本茶でユウさんの料理を楽しんでいる。

一番奥の席には哲平さん。いつものジーンズに袖口と裾が少しのびたセーター。風采の上がらない見た目とは裏腹に現代アートの注目株だ。手羽と大根の煮物を肴にホッチャレモンをチビリチビリとやっている。

小上がりには中年男性三人組。いつもは会社帰りのスーツ姿だが、今日は平日ゴルフを楽しんだらしくラフなスタイルで声高に反省会の真っ最中だ。ジョッキのハイボールがかなりのペースで進んでいる。

いつもの灯火亭、みんなこのひと時を楽しんでくれている。

引き戸が開き新しいお客さんが入ってきた。

最近、週に一度は顔を見せる坂本さんだ。いつも一人で、席はカウンター、飲み物はビール、日本酒、焼酎とその日によってさまざまだ。料理は何品か注文するが、いつも難しい顔をしながらそれでも全部きれいに食べていく。必ずがんもどきを注文するので、亜海は自分の中で「がんもさん」と呼んでいる。

歳は亜海より少し上に見えるが、ほとんど言葉を交わすことはない。

「いらっしゃいませ。お飲み物は何になさいますか」

たいていの人は、目当ての店の暖簾が見え始めた頃には、今日は何を飲むか、なんてことを楽しみながら考えるものだろう。そうでなくても居酒屋の空気の中に身を置いた時点でワクワクしながら飲み物を考えるはずだ。

ところががんもさんは飲み物を訊くと、いつも慌てたように周りに目をやる。今日も小上がりの方にチラリと目を向けた。

「じゃあ、僕もハイボール。それとがんもどきを」

一人で来ているんだから、合わせる必要はないんじゃないですか、なんてことはおくびにも出さず笑顔で返事。

「あっ、やっぱり日本酒にします」

がんもさんの目は隣の大沢社長の手元に向いている。

どんな仕事をしているのかは知らないけど、大丈夫なのかな。余計なお世話とはわかりつつ、ちょっと心配だ。

亜海は最近お燗番も任されている。灯火亭は、燗付け器は使わず客の好みに合わせて湯せんでお燗をつけるのだ。

鍋を火にかけ沸騰したらいったん火を止める。そこに日本酒を注いだ徳利を入れる。火をつけたままだと、お燗の調整が難しい。

徳利を持ち上げ、底に指を当ててお燗の具合をはかる。

はじめのうちは唇が火傷しそうな熱さになったり、ぬるま湯のようだったりと散々だった。これればかりは慣れるしかないので家でずいぶんお燗をつけた。そのかいあって今では底を触る指の感覚で熱燗、ぬる燗、人肌燗と自由自在だ。

「亜海ちゃん、これを坂本さんに」

ユウさんが声をかけてきた。

真っ白い器に二つに切ったがんもどきが盛られている。ユウさんのがんもどきは一口食べると、しっかりした出汁（だし）と薄い醬油の煮汁が口の中に広がる。日本酒にもビールにも合う絶品の味だ。がんもどきの上にはさっと煮た大根の葉が盛られている。がんもどきが地味な分、大根の葉の緑が鮮やかで食欲をそそる。

ゴルフ帰りの三人組から料理の注文がまとめて入り、ユウさんは大忙しになった。残念ながら亜海が許されているメニューはなかった。

がんもさんは、いつものことだがカウンター越しにユウさんをじっと見ている。最初はユウさんのことが好きで通っているのかと思った。でも亜海が接客をしている姿をじっと見ていることもある。目が合うと慌てたように顔をそむけてグラスに手を伸ばす。

いつも難しい顔で、あまり灯火亭を楽しんでくれているようには見えない。

がんもさんの前のお皿は空になっている。お酒もそろそろだろう。

「もう一本、おつけしましょうか」

がんもさんはユウさんから亜海に目を移すと、少し間をおいて「お願いします」と答えた。

「何か召し上がりますか」

亜海が声をかけると小さく頷いたまま考え込んでしまった。

カウンターの中からユウさんが声をかけた。

「坂本さん、温かいお鍋はいかが」

「鍋、ですか……」

また悩んじゃったのかしら。嫌なら断っていいんですよ。

「お願いします」

あ、いいんだ。だったらこれだ。

「鶏団子とキノコの鍋がお薦めですよ」

亜海はすかさず声をかけた。

「じゃあ、それで」

がんもさんは素直に頷いた。

板場に入ってお燗の用意をしていると、ユウさんが笑いながら睨んできた。亜海が薦めた鍋は、ユウさんから作り方を伝授されたばかりのメニューだ。

味付けは出汁に醬油と酒と味醂という極めてシンプルな鍋だ。

鶏団子はもちろんユウさん直伝（じきでん）の味付けで、この下準備で料理の出来の半分は終わっている。そして作るときに大切なのが火の通し方だ。シメジとエノキ、それにいちょう切りの大根を入れて中火で煮立てたら弱火で五分ほど。これでキノコの味を出す。そして鶏団子を入れたら弱火でじっくり煮るのがコツだ。こうするとふっくらした食感が残る。強火で短時間で煮ると鶏団子が固くなってしまう。

胸を張ってこれができますと言える料理ではないと言ってしまえばその通りだが、ユウさんから合格点をもらうところに意味がある。

料理の作り方を教わることは、ユウさんの心構えを教わることだと思っている。一つ合格点をもらうたびに、ユウさんに数センチずつでも近づいていると感じることができるのだ。

鶏団子が亜海を応援するように小さな土鍋の中で肩を揺すり始めた。

しばらくして大沢夫妻が席を立ち、ゴルフ帰りの三人組もお開きになった。残っているのはがんもさんと哲平さんだけだ。

店内は驚くほど静かになった。

「ごちそうさまでした」

がんもさんが立ち上がった。

亜海はがんもさんを見送るために引き戸の脇に立った。

がんもさんは一歩外に出て暖簾に手をかけたところで身体を止めた。

忘れ物かな。亜海が声をかけようとした時、がんもさんはゆっくりと振り向き、亜海の目を覗き込むように見つめてきた。丸めていた背中を伸ばすと思ったより背が高かった。

「何か……」

亜海が声をかけると、がんもさんは一瞬困ったような顔をしてから、すっと表情を引き締めた。

「今日の亜海さんの鍋、本当に美味しかったです」

今までの印象とは違うしっかりとした口調だった。がんもさんはそのまま亜海を見つめている。

あら、こんな整ったお顔だったかしら。見当はずれのことがチラッと頭に浮かんで慌てて首を振った。

「温まりました。ごちそうさまでした」

がんもさんは、それだけ言って背中を向けて歩き出した。

なんだ、ちゃんと喋(しゃべ)れるんだ。それも私の作った料理をストレートに褒(ほ)めてくれた。

亜海は店の外に身体を伸ばして、がんもさんの背中を目で追った。その姿はすぐに横道から路地に消えていった。

お世辞には聞こえなかった。本当に温まってくれたんだ。思わず頬が緩(ゆる)み、もう一度路地の方に目を向けた。

「何やってんの」

後ろから声をかけられ飛び上がった。

振り向くと背中を丸めた哲平さんが上目使いでこちらを見ている。

慌てて横に飛び退(の)き頭を下げた。

「ありがとうございました」

哲平さんは不審なものを見るような目を残して帰っていった。

お客さんがいなくなったのでユウさんに尋ねてみた。

「坂本さんって、どんなお仕事している方かご存知ですか」

「どうして」

「いえ、よく来ていただくけど、あまり話をしたことがないので」

亜海の言葉にユウさんは少し探るような目を向けてきた。

「大学の裏の通りの紅茶専門の喫茶店で働いているのを見かけたって、どなたかが言っていたわね」

駅を挟んで灯火亭とは逆の方向にある女子大のことだ。

「今日はもうおしまいにしましょう」

ユウさんが暖簾をしまいに出た。

洗い物をしていると、がんもさんの言葉が自然に頭に浮かんでくる。

ごちそうさま。お客さんは帰りがけにそう声をかけてくれるが、今日のがんもさんのようにストレートに亜海が作った料理を褒めてもらったのは初めてだ。

がんもさん、見直した。高得点ゲットです。それにけっこう男前。

せっかくだから、もっと灯火亭を楽しんでもらいたい。次に来るまでにがんもさんが喜びそうな料理を考えておこう。

小さな目標ができて洗い物をする手に力が入った。なんだかいいことがありそうな気がする。

この冬一番の寒気が上空に居座っていると天気予報で言っていた。そのせいだろう。開店から日本酒の注文が相次いだ。人肌燗、ぬる燗、熱燗と好みもいろいろで、亜海は目が回るような忙しさになった。

「お酒取ってきます」

ユウさんに声をかけて裏に新しい日本酒を取りに行った。一升瓶を抱えたまま、姿見の前に立って服装のチェックをした。かなり忙しく動き回ったが乱れはない。

店の方から新しい客を迎えるユウさんの声がして慌てて姿見(すがたみ)の前を離れた。男女の二人連れがカウンターに腰を下ろしたところだった。

「いらっしゃ……」

言葉が途切れて身体が固まった。

カウンターの男性も亜海を見て瞬間的に腰を浮かし口を半開きにしたまま固まった。隣の女性が亜海に顔を向け、ちょっとの間を置いてから「ひっ」と声を上げた。

「駿(しゅん)……」

「亜海……」

二人の声が重なった。

前の会社にいる時に別れた、というより亜海が一方的に振られた北村駿、隣は新しい恋人で会社の後輩だった桜井悠美だ。

「何でここに……」

亜海が身体を固まらせたまま言うと、駿は腰を椅子にもどして小さく首を振った。

「それはこっちのセリフだよ」

確かにその通りだ。

桜井悠美は、唇を尖らせたまま横を向いている。

そう言えば灯火亭に初めて来たのは、近くで二人の姿を見かけて逃げるようにこの横道に入ってきたのがきっかけだった。彼女の家がどこかは知らないが、この界隈で飲むことが多いのかもしれない。

未練があるわけではないけど、こんな形で再会すれば心が乱れるのも仕方がない。でもそんな姿を見せるわけにはいかない。

「お飲み物は何になさいますか」

話はここまでという意思を込めて訊いた。一升瓶を抱えたままだった。

一杯目のジョッキが空になったところで、悠美が駿の脇腹を肘(ひじ)でつつくのが見えた。

「ごちそうさまでした」

駿がユウさんに声をかけた時、悠美はすでに立ち上がっていた。

亜海は支払いを済ませた二人を見送るために引き戸の脇に立った。

「ごちそうさま」

駿が言って引き戸を出たところで、悠美が立ち止まり亜海に顔を向けてきた。

「城(きずき)さんが会社をお辞めになった後、私も会社辞めたんです」

それがどうかしましたか。

「私たち来年の春、式を挙げるんです」

「悠美」

駿が慌てたように声をかけた。

「あら、言っちゃいけないの」

「そうじゃないけど」

駿が亜海にちらりと目を向けて、すぐに顔をそむけた。

「私、来年二十六になるんで、駿がその前にって言ってくれて」

少し照れたような表情を作っているが、視線は亜海から逸（そ）らさない。

「それは、おめでとうございます」

悠美の目を見たまま笑顔を返した。

「ありがとうございます」

悠美は小首を傾（かし）げた。相変わらず視線は逸らさない。

「行くよ」

駿が悠美の腕を摑（つか）んで歩き出した。

大きなため息をつくと、急に背中が丸まった。未練がないと言っても、二年以上付き合い結婚も考えた相手だ。別れて一年もしないうちに結婚と聞かされて力が抜けるのもしょうがないだろう。

それにしても勝ち誇ったような悠美の顔は腹が立つ。「私も辞めたんです」って、もっていうのはなんなの。悪かったわね。私は会社を辞めて居酒屋で働いてますよ。

「亜海ちゃん、お酒おかわり」

小上がりから声がかかった。

大きな声で返事をして気持ちを切り替えた。

「高橋さんは熱燗、坂井さんはぬるめの人肌ですね」

「その通り。さすが亜海ちゃん、嬉しいね」

大丈夫、心は乱れていない。頷きながら板場に入った。

ユウさんは何もなかったような顔で包丁を使っている。

カウンター越しに大沢社長と目が合った。社長はさりげなく目を逸らした。

やっぱりわかりますよね。

ちょっと居心地が悪くなった。

店からの帰り道はいつもより足が重かった。

「もうすぐ三十か……」

まだまだこれからと思いながら、二十五歳の悠美と駿の結婚の話を聞かされたせいか、いつもの不安と焦りが顔を出す。

今日はシャワーを浴びてすぐに寝よう。そう思ってマンションの敷地に入ろうとした時、街灯が途切れた暗闇に女性が立っているのが見えた。少し警戒しながら足を速めてマンションの入り口に向かった。

「亜海」

突然、声をかけられ無意識に二、三歩、後ずさった。

「随分、遅いのね」

「お母さん」

思わず声を上げた。

「なんでこんな所にいるの」

「けさ奄美から出てきたの」

「どうして」

「あんた、どうせ連絡したって忙しくて時間が取れないとか言って、会おうとしないでしょ。だから」

母はそこまで言って肩をすぼめた。

「詳しい話は後でするから部屋に入れてちょうだい。東京は寒い」

母は早口で言うと亜海の背中を押した。

部屋に入ると、母はお茶を淹れようと言う亜海を押しとどめ、厳しい顔で目の前に座るように言った。

「あんた、なんで会社辞めたこと黙っていたの」

いきなり切りだされ答えに詰まった。でもなんで知ってるの。

「あんた、この頃、夜電話しても出ないし、土日にかけても、忙しいとか言ってゆっくり話をしようとしないでしょ。変だと思ってお兄ちゃんに会社に電話をかけてもらったの。そうしたら」

隠すつもりではなかったが、二十九歳で会社を辞めて居酒屋で働き出したと言って、「それは良かったね」と言ってもらえるとは思えなかった。電話で納得のいく説明をする自信もなく、ついつい話しそびれていたのだ。

いずれ話さなければいけないとはわかっていた。亜海は、会社を辞めて灯火亭で働き始めた経緯(いきさつ)を説明した。

黙って聞いていた母は、亜海が話し終えると大きく息を吐(つ)いた。

「だったら居酒屋なんかで働かないで帰ってくればいいじゃないの」

「そうじゃないの。とても素敵なお店とご主人で、ここで働いたらきっと何か新しいものが見つかる。そう信じて働いているの」

ユウさんの仕事に対する姿勢、料理の味、店の雰囲気、常連さんたちの優しさ。言葉を尽くして説明したつもりだが、話せば話すほどうまく伝えられないもどかしさがつのってきた。

「亜海、あんたもうすぐ三十でしょ。先のことはどう考えているの」

母親としては当然の心配だろうが今は触れられたくない話題だ。

「あんたの同級生で市役所で働いている梨花(りんか)ちゃん、来年の春同じ職場の人と結婚するって。村中(むらなか)さんのところの聡美(さとみ)ちゃん、春には二人目が――」

「お母さん」

声が荒くなってしまった。タイミングが悪すぎる。駿と悠美のことがなかったら、もっと冷静に話せたかもしれない。

「私だって結婚とか子供とか考えないわけじゃないわよ。でも今とっても充実しているの。私の本当にやりたいことが……」

まだ見つかっていなかった。

「お母さんも灯火亭でユウさんに会ったらきっとわかってくれる」

それだけしか言えない自分が歯痒(はがゆ)くて母から目を逸らした。どう説明していいかわからず、ユウさんが女性のような装いをしている男性だということも言えなかった。

母が大きなため息をついた。

「まあ、あんたが元気なのがわかったからいいわ。明日も早いから寝かせてちょうだい」

母をベッドに寝かせ、亜海はソファで毛布にくるまった。

「お母さん、ごめん」

小さな声で言って耳を澄ませた。母の寝息だけが返ってきた。


翌朝、母と一緒に電車で東京駅に向かった。

奄美の観光協会が東京駅の近くで物産展を開くことになり、会場で奄美の料理を作るので土産物屋で働く主婦たちが同行することになったのだそうだ。母はこの機会にと手を上げたということだった。

駅に着くまでほとんど会話らしい会話はなかった。口もきけない満員の通勤電車がありがたかった。

別れ際に何か言おうとする母親の言葉を遮(さえぎ)るように背中を向けてしまった。

自宅のある駅に戻り改札を抜けたが、真っ直ぐ部屋に帰る気にはなれなかった。冷たい風の中を少し歩きたかった。

大通りを避けて歩いていると、いつの間にか大学の裏の通りに入っていた。この辺りに、がんもさんが働いている喫茶店があるはずだ。

がんもさんの言葉が浮かんできた。心が寒い時は温かい言葉が聞きたくなる。探すともなく歩いていると小さな看板が目に入った。

マンションに挟まれた紅茶専門の喫茶店。二階建ての一軒家の一階をお店にしているようだ。

あなたにあった一杯を見つけてください。

窓に貼られたお洒落なポップに目が止まった。

ここだろうか。今の私にあった一杯ってどんな紅茶だろう。そう思ってドアを押した。

「いらっしゃいませ」

静かな声に迎えられた。木目調の壁に木製の椅子とテーブル。天井から下がっている照明は和紙のシェードで包まれている。紅茶の専門店らしい落ち着いた雰囲気だ。

正面のカウンターに目を向けた。

「亜海さん」

がんもさんが驚いたように言って笑顔を見せた。

カウンターに腰を下ろし、がんもさんと向かい合った。

「突然でびっくりしましたが、亜海さんに来ていただけて嬉しいです。何になさいますか」

がんもさんがメニューを差し出した。

「表にある、あなたにあった一杯っていう言葉に惹かれて入りました。私にあった一杯を選んでいただけますか」

がんもさんはじっと亜海に目を向けてから、かしこまりましたと言ってケトルに手を伸ばした。

しばらくすると、やわらかい香りが亜海を包んだ。

「お待たせしました」

目の前にカップが置かれた。

「ロイヤルミルクティーです。茶葉はウヴァを使っています」

「ウヴァ、ですか」

「スリランカの標高千メートルから千六百メートルの茶園で栽培される茶葉で、インドのダージリン、中国のキームンと並んで世界三大銘茶と称されています。メンソールのような爽やかさとコクのある渋味が特徴で、ミルクティーに向いているのでイギリスで好まれている茶葉です」

さすが専門店を開くだけのことはある。こんな話を聞くと飲むのが楽しみになる。

「お好みで砂糖を入れるとコクが出てまろやかにお飲みいただけます」

「いただきます」

がんもさんの言葉に従って砂糖を一杯入れてから口にした。

おいしい。紅茶の香りとミルクが優しいハーモニーを奏でている。心も身体も温まる一杯だ。

「美味しいですね」

「亜海さんにそう言っていただけると嬉しいです」

「でもどうしてこれを私の一杯に選んでくださったんですか」

亜海の問いに、がんもさんは少し躊躇ったような笑顔を浮かべた。

「灯火亭にいるときと比べて笑顔に元気がなかったので。この一杯で心の中まで温まっていただけたらと」

がんもさんは微笑みながら手元のカップを拭き始めた。

亜海はがんもさんの横顔を眺めた。灯火亭では見せたことのない爽やかで素敵な笑顔。今まで持っていたイメージとはだいぶ違う。

ふいにがんもさんが亜海の方に顔を戻し目が合った。胸がドクンと鳴り、慌てて目を逸らして言った。

「素敵なお店ですね」

「こんな店をやるのが高校生の頃からの夢だったんです」

「じゃあ、このお店のオーナーなんですか」

亜海が驚いて訊くと、がんもさんは恥ずかしそうに頷き、ポットとティーカップの絵の入ったお洒落な柄の名刺を差し出した。

坂本さん、お名前は研一(けんいち)さんだ。

「立派ですね。しっかりご自分の夢をかなえて」

「父が残してくれた資金とこの家がなかったら、店を持つなんて夢のまた夢でしたよ」

「どういうことですか」

亜海が尋ねると、がんもさんは少し目を逸らして話し始めた。

中学二年生の時、父親が病気で亡くなり、母親が仕事をしながら、がんもさんとお姉さんを育ててくれたのだそうだ。

「生活が苦しいということはありませんでした。でも母が時々、ため息をつくのが子供心にも見ていて辛かったです」

高校生になって家を整理している時にお洒落なティーポットとカップ、それに紅茶を淹れるセットが入っている箱を見つけ懐かしい記憶が蘇った。休日の昼間、父と母がこのティーカップでよく紅茶を楽しんでいた。

「母に訊いたんです。そうしたら、お父さんみたいに美味しく淹れられないから、もう紅茶はいいって寂しそうに言ったんです。そうしたら僕まで寂しくなって」

がんもさんは、いったん言葉を切ってから笑顔を向けてきた。

「それからです。本を買ってきて、母に隠れて美味しい紅茶の淹れ方や茶葉について勉強したんです。半年ほどして、母が休みの日にそのティーセットを使って紅茶を淹れてあげたんです」

「お母さまはなんて……」

「お父さんが淹れてくれた紅茶の方が美味しかったと言われました」

高校生のがんもさんが肩を落とす姿が目に浮かんだ。

「そのあと母がカップを両手で包むように持ちながら言ってくれたんです。こんなに温かい紅茶を飲んだのは初めてだって」

亜海の頭の中で高校生のがんもさんがガッツポーズで喜んだ。

「それからです。紅茶の魅力にはまってしまって。知れば知るほど奥が深いんですよ。それでいつか美味しい紅茶で人に喜んでもらいたいと思うようになったんです」

夢を実現するため、高校時代は銀座にある紅茶の専門店でアルバイトをし、卒業後そのままその店に就職した。

「いろいろ勉強はできました。でも何か物足りなかったんです。それで産地を直接見てみたいと思ってスリランカに渡ったんです」

これも意外な話だ。思ったよりずっと積極的な人生を歩んでいる。

「勤めていた店のマスターが、それほど紅茶に魅せられたのなら行ってこいと言って、取り引きのある農園に紹介状を書いてくれたんです」

「それにしても、いきなりスリランカですか」

「行くならばティーベルトの国と決めていましたから」

スリランカが世界的な紅茶の産地だとは知っているが、聞いたことのない言葉だった。

「赤道から北回帰線までの範囲です。ここの山岳地帯が紅茶の栽培に最も適していると言われているんです」

二年間、スリランカで農園のマネージャーに付いて、栽培から茶葉の収穫、発酵のさせ方、それに紅茶の楽しみ方もしっかり勉強したということだった。

「何よりも素敵だったのは、その農園で働いている全ての人が紅茶が大好きだということでした」

がんもさんは嬉しくてたまらないという感じで話を続けた。

「農園で茶葉の袋詰めをしているミーナという女性が言ったんです。今私が詰めている紅茶は日本に送られるのよ。きっと日本の素敵な女性が味わってくれるわ。そしてある日、その女性はケンイチと出会って二人は恋に落ちる。誰も知らないけど二人は同じ木から生まれた紅茶を飲んでいた。どう、悪くないでしょ。そう言って楽しそうに笑っていました」

ちょっと意味深な気もしたけど、黙って聞いていた。

そして二年前、三十歳の時、自己資金と父親の遺産、それに銀行からの融資を受けて自宅を改築し、この店をオープンしたのだそうだ。

「お母さまも喜ばれたでしょ」

「母は今、姉夫婦の家に同居して、仕事をしている姉に代わって孫の面倒を見ながら楽しく暮らしています。時々やってきて紅茶を飲んでは、お父さんの方が美味しかった、と言って帰っていきます」

がんもさんは苦笑いを浮かべた。

亜海は別れ際の母の顔を思い出し胸がちくりと痛んだ。母が奄美に帰る前に、もう一度ちゃんと話をしよう。親子だもの、きっとわかってもらえるはずだ。

改めてがんもさんを見た。こんなにしっかりした明るい人だとは思いもしなかった。

なんだか嬉しくなってきた。

「灯火亭にいらっしゃる時とイメージが違うんでびっくりしました」

「僕が灯火亭に行くのは、お酒や料理を楽しむためじゃないんです」

がんもさんが店の中を見回した。亜海の他に客はいない。

「お客さまに紅茶を味わって少しでも幸せな気持ちになっていただこうと思って一生懸

命やっているつもりなんですけど」

　このまま客足が伸びなければ店を閉めることも考えなければいけない状況だと言った。

「ある人から、この店は紅茶の味は素晴らしいがそれ以上の魅力がないと言われたんです。どうしたらいいかわからず悩んでいる時にお客さまから灯火亭のことを聞きました。料理の味はもちろん、店主のユウさんや常連さんが作る雰囲気で誰もがくつろいでお酒を楽しめる店だと。それで実際に行ってみたんです。驚きました。本当に居心地が良くて、お客さんがみんなひと時を楽しんでいる。僕が目指しているのはこの雰囲気だと思いました」

　がんもさんの言葉に力が入った。

「だから店に一歩入った瞬間から、ユウさんの動きや言葉を決して見逃さない。どうすれば、こんな雰囲気を作ることができるのか、それだけを考えているんです」

　確かにユウさんにはそれだけの魅力と力がある。亜海もそれを身に付けたくて灯火亭に飛び込んだのだ。でも何か違うような気がする。

「坂本さん、もしかすると、それって間違っているんじゃないですか」

「やっぱりユウさんに失礼ですか」

「違います。そう意味じゃありません」

慌てて顔の前で手を振った。

「灯火亭の本当の魅力を知りたかったら、その魅力にたっぷり浸かって心から楽しんだ方がいいんじゃないですか。それで、ああ楽しかった、美味しかった。そう思ってから、さて自分は何をすればいいか考える。そうじゃないと――」

しまった。調子に乗って偉そうなこと言ってしまった。がんもさんは少し口を開けてこっちを見つめている。

「ごめんなさい」

慌てて頭を下げた。恥ずかしくて身体の奥が熱くなってきた。

「そうですよね」

がんもさんの声に恐る恐る顔を上げた。亜海から少し視線を逸らせて頷いている。

「なんでそんなことに気が付かなかったんだろう」

「生意気なことを言ってごめんなさい。でもこの一杯を選んでくれた坂本さん、ユウさんみたいでしたよ」

「本当ですか。だったら嬉しいな。それでも……」

「もっとお店をＰＲしましょうよ」

亜海の唐突な言葉にがんもさんは首を捻った。

「私、以前、広告代理店で働いていて、こういうお店のＰＲも手掛けていたんです。ここだったら……」

店の中を見回してからがんもさんに視線を戻した。

「午前中は比較的近い範囲の年配の女性、午後から夕方にかけては女子大生をターゲットにして作戦立てましょう。紅茶一つ一つに花言葉みたいなキャッチフレーズを付けるとか、少しベタだけど、定期的にタロットなんかの占い師を呼んで静かな店の中で占いをするとか」

亜海の言葉にがんもさんは呆然としたような顔を向けている。

また調子に乗りすぎたか。

「亜海さんて、不思議な女性ですね」

がんもさんが言葉の通り不思議なものを見るような目を向けてきた。

「すごくしっかりしてるかと思うと、なんだか急にあたふたしたり」

がんもさんは小さく笑ってから表情を改めた。

「母に淹れた紅茶の話を人にしたのは初めてなんです。亜海さんが紅茶を飲んでいる姿を見ていたら、どうしても聞いてほしくなって」

それってどういう意味ですか。

「これからも灯火亭には行かせてもらいます。もしよかったら、亜海さんも時々ここに来ていただけませんか」

それってどういう意味ですか。

「あっ、もしコーヒーの方がよければ――」

「私、紅茶大好きです」

久しぶりの紅茶なんて言わなくてよかった。

「じゃあ、また来ていただけますね」

「喜んで」

思わず声が大きくなってしまい慌ててカップに手を伸ばした。

カップは空だったが微かな香りが亜海の心をくすぐった。

「今日のお通しは明太白滝、それに小松菜と油揚げの煮浸しを用意しますから、明太白ユウさんに言われた。


作務衣に着替え、いつもの挨拶を交わした後、ユウさんに言われた。

「白滝はお願いね」

「はい」

返事にも気合が入る。昼間のがんもさんとの会話が元気をくれた。

材料を出して、作り方を頭の中で整理する。

まず白滝を食べやすい長さに切って鍋で水から茹でる。沸いてから入れるよりこの方が臭みがきれいに取れて明太子の風味が引き立つのだそうだ。明太子は薄皮から剥がして、お酒でほぐし、醤油を加える。

フライパンでサラダ油を熱し、水気を切った白滝を入れて残った水分を飛ばすつもりで炒めてから明太子を投入。ここで気を抜くと明太子の粒と白滝が別々のものになってしまうので、ちゃんと均一になるように炒め合わせる。

はい、出来上がり。地味だった白滝が明太子の粒々をまとって立派な酒の肴に変身した。ビール、日本酒、焼酎、なんでもＯＫだ。

今回も自慢できるほどの料理ではないが、ユウさんに任されることに意義がある。

今夜も常連さんと会社帰りのスーツ姿のお客さんで賑(にぎ)わっている。

引き戸が開いた。

入ってきたのはがんもさんだった。

「こんばんは」

がんもさんは笑顔で亜海とユウさんに会釈して大将の隣に座った。

「いらっしゃいませ。お飲み物は何にいたしましょう」

言葉が弾むのが抑えられなかった。

「日本酒を。寒い中を歩いてきたから熱燗でお願いします」

そう、灯火亭の魅力にたっぷり浸かってください。

板場に入ってお燗をつけ始めた。

ふと視線を感じ振り返った。

ユウさんが煮浸しのお皿を手に亜海に目を向けている。

「あっ、それ坂本さんのお通しですよね」

亜海が手を伸ばすと、ユウさんは皿をすっと引っ込めた。

「こっちにしておきましょうか。あなたが作ったお通しに」

出てきたのは明太白滝だ。

いや、これは私が作ったと言えるほどのお料理じゃないし、気を遣っていただかなくても……。というか、なんでユウさんそんなことを。

ちょっとうろたえてユウさんを見ると、子供の悪戯を見つけた母親のような優しい笑みを浮かべている。

「別に私なにも思っていませんし、日本酒なら煮浸しの方が——」

「お燗、大丈夫なの？」

ユウさんの言葉に慌てて振り返り鍋に向かった。徳利を持ち上げ底に指を当てた。だめだ。全然わからない。大きく深呼吸。もう一度、徳利の底に指を当てた。大丈夫。ちょうどいい熱燗だ。

「お待たせしました」

がんもさんの前に徳利とぐい飲み、それに明太白滝を置いた。

「ありがとう」

がんもさんは日本酒を注いで、くっと一杯やった。

「そうかい、あんた、あの喫茶店のマスターなのか」

大将が声をかけた。どうやら話が盛り上がっていたようだ。

「うちのカミさんが時々行ってるよ。お洒落で美味しい紅茶を飲ませてくれるって喜んでるよ」

「ありがとうございます」

「ここで時々、見かけるけど、いつも難しい顔して飲んでるからさ。声かけるの悪いと思ってたんだ。今日は全然雰囲気が違うね。何かいいことあったのかい」

がんもさんは、ちらっと亜海に目を向けてから大将に頷いた。

「そうなんです。今日は、とてもいいことがあって。これからはこの店の料理と雰囲気をたっぷり楽しませてもらおうと思ってます」

「そりゃあいいこった」

大将が亜海に顔を向けてきた。

「亜海ちゃん。紅茶屋さんに美味しいものどんどん持ってきて」

大将は新しい仲間を歓迎している。

亜海も嬉しくなった。

がんもさんは、いつものがんもどきと、ゆで豚ポン酢を食べて、お酒も進んだ。最後は、亜海が作った鶏飯を食べてくれた。

「ごちそうさまでした」

がんもさんが立ち上がった。

亜海は引き戸の外まで送りに出た。

「いかがでしたか、今夜の灯火亭は」

亜海が声をかけると、がんもさんはニッコリ笑った。

「今までとは全然違う店で飲んでる気分でした」

「良かった」

「亜海さんは奄美の出身なんですね。鶏飯、本当に美味しかったです。また食べさせてもらいます」

「はい。お待ちしています」

亜海が頭を下げると、がんもさんは、「おやすみなさい」と言って去って行った。

両手を握りしめて小さくガッツポーズをしながら店に戻った。

一歩、店に入ったところで足を止めた。

カウンターの杉パンさん、大将、哲平さんが不思議なものでも見るような顔を向けてきている。

カウンターの中のユウさんは笑いをこらえたような顔を横に向けている。

「なんですか」

思わずきつい口調になって三人を見返した。

三人は黙ったまま、そろって顔を正面に戻した。

「冬来たりなば春遠からじ、か」

杉パンさんがつぶやいた。

そんなんじゃありません。喉（のど）まで出かかったけれど、そんなこと言ったら墓穴（ぼけつ）を掘るのは目に見えている。

ユウさんは相変わらず笑いをこらえたような顔で立っている。

そんなんじゃありません。違いますからね。でももし違わなかったとしても放っておいてください。

誰とも目を合わせないようにカウンターの中に戻り皿を洗い始めた。

母が訪ねて来てから二日がたった。あれ以来、連絡はない。いつまで東京にいるのかも訊かずに別れてしまった。

　九時を回ると口開けからの客が次々に席を立ち、残っているのはカウンターの大沢社長と少し前に疲れのオーラをまとってやってきた美佐樹先生だけになった。

　がんもさんは来ないのかな。そんなことを考えていると引き戸がゆっくりと開いた。

　もしかして。

「いらっしゃ……」

　客の姿を見て焦った。

「お母さん」

　入ってきたのは母だった。

　ユウさんが驚いたように亜海と母を見た。大沢社長も美佐樹先生も、突然のことにびっくりしているようだ。

「どうしたの」

　亜海が近づいて声をかけると母は何事もなかったように微笑んだ。

「今夜が東京で最後の夜だから、ご挨拶に来たのよ。それに晩御飯まだ食べてないから一杯飲ませていただこうと思って」

母はカウンター越しのユウさんに身体を向けた。

「亜海の母でございます。娘がお世話になっております」

深々と頭を下げた。

お互いの挨拶が終わったところで、ユウさんたちに事情を説明し、とにかくカウンターに座ってもらった。

「お茶でも淹れようか」

「何言ってるの。せっかくだから一杯いただくわよ」

母は楽しそうに言ってから酒棚に目をやった。

「あら、黒糖があるのね。じゃあ、それをお湯割りで。お料理も何かお薦めのものをくださいな」

「お母さん」

「どうしたの。ご挨拶はさせていただいたし、ここからは私は客であなたは店の人。ちゃんとお仕事しなさい」

母はからかうような口調で言ってから、ユウさんに向かって微笑んだ。そう言えば、母はユウさんを見ても驚きもしなければ不審そうな表情もしなかった。

「わかりました。少々お待ちください」

母に言って板場に入った。

ユウさんは優しく微笑んでいる。いつものことながら全てお見通しという感じだ。

お湯割りとアラ大根の皿をカウンターに運ぶと、すでに母と美佐樹先生は打ち解けたように話が弾んでいる。

大沢社長も話に加わってきた。

「亜海さんはいいお嬢さんですね。子供の頃はどんな子だったんですか」

母は黒糖焼酎のお湯割りをひと口飲んでから遠くを見るような目をした。

「普段は素直だったけど、変なところで頑固でした」

「ちょっと、お母さん。変なこと言わないでよ」

「あれは小学校の四年生の時だったわね」

母は亜海の言葉を無視して続けた。

「得意の算数のテストで隣の席の秀也(しゅうや)君に負けて悔しがって。それから毎日、算数ばっかり勉強して。次のテストでは百点とったんですよ」

「それはなかなかの根性だ」

大沢社長が笑いながら頷いた。

「でもね」

母は嬉しそうにユウさんと美佐樹先生たちを交互に見て続けた。

「国語が五十六点、理科は五十二点だったたんですよ」

なんでそんな点数まで覚えてるの。それに今ここで話すようなことじゃないでしょ。

「お兄ちゃんは馬鹿だなって言って笑ってたけど、お母さんはそんなあんたが大好きだった」

母が優しい笑みを向けてきた。

「あんた、秀也君のこと好きだったんだよね」

確かにそんな記憶もあるけど、いまさら大昔の話をされても。

「好きな男の子に負けたくないっていうのは損な性分だけど大切なことだよ」

「今もその性格は変わっていないようですよ」

ユウさんがカウンター越しに微笑んだ。

「あんたには仕事と恋愛を両立なんて器用なまねはできない。仕事が面白くなったら結婚なんか考えなくなっちゃうんだろうね」

母は大きく息をはいてから、ちょっと寂しそうな顔を向けてきた。

「しょうがないから、今は算数のお勉強だけしてなさい」

「お母さま」

ユウさんが笑みを消して正面から母の目を見て言った。

「亜海さんは本当に頑張ってます。私が知っていることは全部亜海さんに伝えます。もう少し時間をあげてください」

母はしばらくの間、黙ってユウさんを見つめていた。そしてカウンターに両手をそろえ「よろしくお願いします」と頭を下げた。


ユウさんの言葉に甘えて母を駅まで送りに出た。

飲み屋街の路地はまだ大勢の人が行き来している。

「東京はどこに行っても賑やかだね」

母が辺りを見回しながら言った。

「お母さん、ごめんなさい」

亜海は前を向いたまま言った。

「いいお店だね。ユウさんを見て最初はちょっと驚いたけど、しっかりした方だわ。あの店なら安心してあんたを任せられる」

母も前を見たまま言った。

「お母さんが悲しかったのはね。会社を辞めたことや新しい仕事に就いたことを、ちゃんと言ってくれなかったからよ」

「お母さんに心配かけたくなかったし……」

「子供がいくつになっても心配するのが親の仕事なの。仕事がなくなったら呆けちゃうわよ」

母が笑いながら顔を向けてきた。

亜海は笑顔で頷くと、久しぶりに母の腕に自分の腕を巻き付け、駅までの道を黙って歩いた。

風が強くなってきたが寒さは感じなかった。

師走も半ばを過ぎ世の中が慌ただしくなり、居酒屋が一番忙しくなる忘年会のシーズンがやってきた。

母が奄美に戻って一週間がたっていた。

がんもさんは時々顔を出してお酒と料理を楽しんでくれている。亜海もがんもさんの店に行き二人でＰＲの作戦を練っている。

「お疲れさま」

一日の仕事が終わりユウさんが声をかけてきた。

「お疲れさまでした」

亜海も頭を下げた。

「亜海ちゃん、明日、お休みしてもいいわよ」

「明日は金曜日で忙しいですよ」

「気が付くのが遅れてごめんなさい。明日、お誕生日よね」

ああ、そのことですか。明日はいよいよ三十歳を迎える日だ。

「ご心配なく。特に誕生日を一緒に過ごすような人もいませんから」

「本当にいいの？」

ユウさんが申し訳なさそうな、それでも何かを探るように言った。

「大丈夫です。今の私は修業中の身ですから」

「わかりました。だったら明日もよろしくね」

「任せてください」

胸を張って答えた。


自宅に帰ると、いつものようにソファーに身体を預けた。もし伝えていたら誕生日を一緒に過ごがんもさんには誕生日のことを言えずにいた。もし伝えていたら誕生日を一緒に過ごす可能性もあったのかな。そんなことを考えると、ちょっと残念な気がした。

「まあ、これも人生。今は修業中の身だ」

つぶやいてから何気なく壁に掛けてある時計に目をやった。

デジタルの数字は11：57。

慌てて身体を起こした。

そうか二十代はあと三分しか残っていないんだ。どうしよう。二十代最後の三分をどうやって過ごそう。そんなつまらないことが頭に浮かんだ。つまらないとはわかっていても、いったん頭に浮かぶと、いてもたってもいられなくなった。

バスルームに目をやった。シャワーを浴びて身を清めるか。だめ、間に合わない。そんなことをしていたら裸で二十代を終えることになる。三十歳は服ぐらい着て迎えたい。急いで立ち上がりキッチンに飛び込んだ。棚に並んでいる日本酒の瓶に端から目を走らせる。

純米酒に手を伸ばした。いやこんな時はやっぱり大吟醸か。先日ようやく手に入れた幻の銘酒と呼ばれる一本もある。奄美の黒糖焼酎にも目が移った。一番ふさわしいのはどれだ、どれだ。いけない、悩みながら二十代を終わらせるのは避けなければ。

まだ開けていない純米酒を手に取り、お気に入りのぐい飲みサイズのグラスを持ってテーブルに戻った。

いったん深呼吸。デジタル時計に目を向けた。

11：59。二十代はあと一分。

純米酒を注いだグラスを右手に持ち、ゆっくり口に近づける。

「さらば二十代」

声に出して二十代最後の一杯を一息に飲んだ。

グラスをテーブルに戻して時計を見た。

00：00。

なっちゃった。三十歳。

しばらく時計の数字を見つめていた。

視線を手元にもどし、三十代最初の一杯をゆっくりと口にした。

うん、美味しい。三十歳になっても、お酒の味は変わらなかった。


金曜日の夜とあって灯火亭は夕方から大忙しだった。

店に入ったら、ユウさんが「お誕生日おめでとう」と言って、何か素敵なプレゼントを、なんてことを微かに期待していたが、いつもと変わらないユウさんだった。

十時を回って、ようやく一段落した。

残っているのは、カウンターの哲平さんと美佐樹先生、大将と杉パンさん。常連さんが顔をそろえている。大沢社長夫妻は夕方にお見えになったが、急に冷え込んできたこともあって早めに引き揚げた。

引き戸が開き大沢社長が一人で店に入ってきた。

珍しい。飲み直しかな。

「亜海ちゃん、熱いの一本つけてください」

社長はマフラーをはずしながらカウンターに座った。

「寒いと思ったら、白いものがちらついてきましたよ」

社長の言葉にユウさんは、そうですかと言って亜海に顔を向けた。

「暖簾しまってちょうだい。社長のお燗は私がやりますから」

「わかりました」

引き戸を開けて外に出た。

「寒い」

冷たい夜空に目を向けると北風に乗って雪が舞っている。

路地の方に目をやった。がんもさんは来なかった。誕生日だって言っておけばよかったかな。ちょっと心残りな三十歳の誕生日になってしまった。

暖簾を持って店に戻った。

後ろ手に引き戸を閉めた瞬間、何かが破裂するような音がして身をすくめた。

慌てて店の中を見回した。亜海の正面に杉パンさんが立っている。手に持った瓶から泡が溢れている。

シャンパン？

「亜海ちゃん、お誕生日おめでとう」

カウンターの中からユウさんが声をかけてきた。

美佐樹先生が立ち上がった。

「おめでとう。三十歳だって。女の人生で一番楽しい季節の始まりよ」

なんと言っていいかわからずその場に立ち尽くした。

「ほら、早く座りなさい」

美佐樹先生がカウンターの真ん中の席をさして言った。

カウンターの上にはいつの間にかシャンパングラスが並んでいる。

杉パンさんが全員のグラスにシャンパンを注いで回った。パン屋さんの朝は早いのに。

大沢社長は奥さまを家に連れて帰ってから寒い中また出てきてくださった。受験シーズンで忙しい美佐樹先生も。

大将は……。あれ、何か機嫌が悪そうな顔でそっぽを向いている。

「大将、まだわかんないの」

亜海の視線に気付いた美佐樹先生が叱責(しっせき)するような声で言った。

「いや、そんなことないけど……」

いつになく歯切れが悪い。

「大将はね」

美佐樹先生が笑いながら亜海に顔を向けてきた。

「女が独身で迎えた三十歳の誕生日なんて、みんなでお祝いしたら、かえって悪いんじゃないかって」

「そんなことまで言ってないだろ」

「まったく化石みたいな男だよな」

杉パンさんがあきれたような声を出した。

「お前に言われたくないぞ」

今夜の大将は完全に押されている。

「大将、ご心配なく。まだまだ修業中の身ですし、今時、三十歳なんてほんの通過点ですよ」

亜海が声をかけると、大将は、そうだよな、と言ってグラスに手を伸ばした。

「それじゃあ、ユウさん」

杉パンさんがユウさんを見た。

ユウさんはグラスを持って亜海に優しい目を向けてきた。

「お誕生日おめでとう。まだ一年たたないけど、本当によく頑張っているわね。私も助かっているわ」

ユウさんはいったん言葉を切って亜海を見つめた。

「灯火亭に来てくれてありがとう」

その言葉、どんなプレゼントより嬉しいです。

「乾杯」

ユウさんの声で全員がグラスを空けた。

何度も、ありがとうございますを繰り返して右に左に頭を下げた。

「坂本さんから伝言よ」

ユウさんがさりげなく言った。

「スリランカの農園でお世話になったマネージャーが来日しているため今日はどうしても伺えません。お祝いは次にお会いした時に直接お渡しします、とのことでした」

「なんだ、修業中の身なのに浮いた話でもあるのか」

大将が笑いながら睨んできた。

「いえ、坂本さんとは別にそういうことではなくて、ええと……」

ユウさんは素知らぬ顔で横を向いている。恨みますよ。

「大将、何言ってんの」

美佐樹先生がグラスを置いて言った。

「仕事を一生懸命やりながらプライベートも楽しめる。その余裕があるから三十代が楽しいんじゃない」

「美佐樹先生の言葉には重みがありますね」

大沢社長が深く頷いた。

「ちょっと角があるけど、今夜は不問に付します。それより哲平」

美佐樹先生に促されて哲平さんが立ち上がり亜海に近づいてきた。

「おめでとう」

ぶっきら棒に言うとハガキくらいの大きさの額を差し出した。

立ち上がって受け取り息を呑んだ。作務衣を着た女性がお燗をつけている姿が描かれた水彩画だ。繊細で軟らかい線。派手さはないけれど温かい色使い。やはり基本のデッサン力は群を抜いている。こんな素敵な絵は見たことがない。

みんなが絵を覗き込み、ほー、と声を上げた。

「ありがとうございます。大切にします」

絵を胸に抱いて言った。

哲平さんが当然のように頷くと、すかさず杉パンさんが哲平さんの首に腕を回した。

「なに偉そうにしてんだ、お前は。亜海ちゃん、持って帰ったらトイレの壁にでも飾っておきな」

杉パンさんの言葉に笑いが広がった。

ふと顔を上げるとカウンターの中のユウさんと目が合った。優しくて吸い込まれそうな目。亜海も黙って見つめ返した。

ユウさんの頬が少し緩んだ。そして温かい笑みを浮かべて頷いた。

胸が熱くなり歯を食いしばって頷き返した。

ユウさんを信じた自分の選択に間違いはなかった。何があっても大丈夫だ。

心の中でつぶやいた。

「亜海、きばらんば」

おもいでの味

「お疲れさまでしたー」

スタジオのあちこちから誰に向かってともなく声がかかる。

「お疲れさまでした。ありがとうございました」

収録を無事終えたＳＪＴ、スマイル・ジャンプ・スリーの三人がスタッフに笑顔で頭を下げて回る。

十九歳のシホとジュリ、それに十八歳のトモカ。今売り出し中のアイドルユニットだ。

マネージャーの鳩村敏行(はとむらとしゆき)はスタジオの隅から三人の姿を見ていた。

鳩村が所属するサンダイアルプロが、初めて行ったアイドル路線のオーディションで合格した三人だ。事務所でチームＳＪＴを組んで二年前にデビューした。

今日は、お笑い芸人がＭＣを務める番組の中に差し込むＶＴＲの収録だった。

激しいダンスと歌で火照(ほて)った顔の三人が、小走りで近づいてきた。

「お疲れさん。先に控室に戻っていなさい」

鳩村の言葉に三人は声をそろえて返事をするとスタッフに笑顔を振りまきながらスタジオを出て行った。

「ポッポさん」

後ろから声をかけられ振り向いた。

ジーンズに臙脂（えんじ）のジャケットを着た矢口（やぐち）がにこやかな顔で近づいてきた。太陽テレビの音楽芸能部のプロデューサーだ。

「いいですねぇＳＪＴ。さすがこの道三十年のポッポさんが仕込んでるだけのことはありますね。いやあ、楽しみですよ。次もよろしくお願いしますってことで、お疲れさんでした」

矢口は台本を持った手で敬礼をするような仕草で言った。

「お疲れさま」

鳩村は軽く頭を下げて矢口を見送った。

ＳＪＴはルックス、歌唱力ともに申し分なく、曲とタイミングにも恵まれ半年ほど前から急速に人気が出始めた。

だがこの世界、明日は地獄が常の世界だ。本人たちの才能や努力に関わりなく、何かのきっかけで嘘のように人気がなくなるのは珍しいことではない。一度そうなったらＶ字回復はまず望めない。

ＳＪＴにとってこれからが正念場だ。

局の廊下を歩いていると馴染の後ろ姿が見えた。

「サブさん」

「おう、ポッポちゃんか。久しぶりだな」

照明班の近藤三郎チーフだ。チーフと言うより親方と呼んだ方がしっくりくる昔ながらの職人だ。定年を迎えたが若手の指導役と照明アドバイザーとして現場に残っている。番組の照明を組み立てる照明プランナーにとってもサブさんの経験とセンスは欠かすことのできないものなのだ。

「相変わらず現場ですね」

「現場はお互い様だろう」

サブさんは張りのある声で言ってから、軽く顔をしかめた。

「同じ現場でも俺は昔ながらの照明屋だからいいけどさ、なんだってあんな娘っ子の面倒見てるんだい」

サブさんは廊下の先の控室に向かって顎をしゃくった。

「うちの事務所の成長株ですから責任重大ですよ」

「ポッポちゃんはよ、大人の歌を歌える歌手をちゃんと育ててくれなきゃ」

「彼女らも歳相応になったら大人の歌を歌うようになりますよ」

「本気で言ってるわけじゃねえよな」

サブさんは顔をしかめてから、大きく息をはいた。

「もう一度、舞衣姉さんに照明当てさせてくれよ」

サブさんは鳩村から視線をはずし遠くを見る目をした。

「あの人はよ。見た目の派手さはないけど、歌い出すと俺たちが当てた照明を撥ね返しちまうような輝きを出すんだよ。こっちも真剣勝負さ。楽しかったね」

サブさんが視線をもどした。

「どうなんだ」

表情を引き締めて言った。

今は充電中ですからいずれ。用意している答えが喉まで出かかったが、サブさんの真剣な表情にその言葉はふさわしくないと感じた。

「必ず戻ってきます」

小さな声で、それでも精一杯の力を込めて答えた。

サブさんが黙って見つめ返してきた。

わずかな間を置いてサブさんの顔がほころんだ。

「そん時は俺に声かけてくれよ」

サブさんは、じゃあな、と言って嶋村の肩を叩き背中を向けた。

嶋村はしばらくその後ろ姿を見つめていた。廊下の真ん中を肩をそびやかして歩いている。

「廊下の真ん中を歩きたかったら他人の二倍も三倍も仕事をしろ。それができない奴は下向いて隅っこを歩いていろ」

サブさんが若い連中にいつもかけている言葉だ。

声をかけて控室の扉を開けると、いきなり険悪な空気に包まれた。

「ちょっと歌が上手いと思って仕事なめないでよ」

椅子に座ったシホが、目の前に立っているトモカを睨みつけている。

ジュリが助けを求めるような目を鳩村に向けてきた。

三人ともステージ衣装のままだ。このところ控室でこんな雰囲気になることが多い。

シホが怒りを残したままの顔を向けてきた。

「サビの部分で、トモカのスタートの動きがいつもより小さかったんです。こんなことを繰り返してたらSJTのダンスのレベルはその程度だと思われちゃう。違いますか」

収録に立ち会っていたが気付かなかった。ディレクターがオーケーを出したのだから、大きなミスではないのだろう。だがシホの苛立ちはおさまらない。

「明日の午前中はダンスのレッスンだから、そこでもう一度確認しなさい。昨日までは悪くなかったんだ。致命的なことじゃない」

鳩村はトモカに向かって言った。

「致命的じゃないですか」

シホの視線が一段ときつくなった。

「昨日までできていたことが今日できないっていうのは、気持ちが入っていなかったってことでしょ」

シホからすれば、それが一番許せないことなのだ。

「まだ完全に自分のものになっていないということだ。だから繰り返し練習する。そこはリーダーがちゃんと見てやれ。いいな」

鳩村が言うと、シホは目を逸らし黙ったまま頷いた。

ユニットを組んだ当初は、デビューできることを喜び三人で励まし合っていたが、次第に将来に対する考え方や仕事に対する姿勢の違いが出るようになった。

カメラの前では笑顔で話をしていても、人間の感情はどこかで見えてくるものだ。制作スタッフはもちろん、テレビに映るちょっとした仕草にもファンは敏感だ。それは時に致命傷になる。

鳩村は横を向いたままのシホを見た。三人の中で間違いなくルックスは一番だ。高校時代に本格的なダンスのレッスンを受けていたので基本もできている。将来はアイドルから女優への転身という夢を持ち、芸能界に対する思いは三人の中で一番強い。それは歌やダンス、それに演技のレッスンに取り組む姿勢に現れている。

それだけに他の二人が足を引っ張るようなことは許せないのだ。

扱いは難しいが、この世界でのし上がっていこうという強い意志を鳩村は買っている。

「ダンスの先生きついですよね」

トモカが小さな声で言った。この雰囲気の中ではまずいひと言だった。

鳩村が口を開く前にシホが立ち上がった。

「まだそんなこと言ってるの。地下から上がってきたあんたは、ここがてっぺんだと思ってるのかもしれないけど、私にはここがスタートなの」

シホがトモカにきつい目を向けた。

トモカは、いわゆる地下アイドルの出身だ。

「私だってみんなに喜んでもらいたくて――」

「そのみんなってのが、今までとは違うのがわからないの？」

思わずため息がもれた。これまで担当した連中なら居酒屋で一杯やって手打ちというのが定番だったが、この三人にそうはいかない。

「大声を出すな。廊下には芸能記者がうろついているんだぞ。事務所を一歩出たら、とにかく笑顔、いいな」

鳩村は、三人に着替えて駐車場に降りるように言って控室を出た。

タバコが吸いたくなったが、喫煙ルームは廊下の反対端だ。歩いて行く気にもならず、目の前の階段を下りて駐車場に向かった。

三人がデビューしたとき、鳩村はチームＳＪＴには加わっていなかった。プロダクションを挙げての売り込みも功を奏さず、人気もパッとしないことに苛立った社長が直々に鳩村を指名したのだ。

ジャンルは違うが三十年間この世界でマネージャーを続けてきた鳩村の経験と人脈に最後の期待を寄せたということだ。

この歳で現場マネージャーを続けていること自体が異例なのに、若手アイドルを担当するというのは通常ではありえないことだった。

いったんは断ったが、現場を離れて管理部門に移るかＳＪＴを担当するか選択を迫られた。鳩村にはまだ現場でやらなければいけないことがあった。社長もそれを知っての業務命令だった。

受けたからには三人をトップまで持っていくつもりでやっている。

テレビ局の若いプロデューサーやディレクターに頭を下げて回った。もちろん昔からの馴染みで、今では部長や局長という肩書を持つ連中への根回しはしっかりやった上でだ。

スポンサー企業への売り込みにも力を入れた。

上司とスポンサーの意向があれば完璧だが、それを現場の反発を買わないように生かすのが鳩村の腕だ。

上層部とのつながりは長期戦略にも欠かせない。新番組の方向性や番組のテコ入れの方針をいち早く摑み、それに沿った形でＳＪＴを売り込むのだ。

ネットを中心としたファンの動向や反応の分析はチームＳＪＴの他のメンバーに任せてある。

三人には才能がある。ルックスもいい。チャンスさえ与えられれば認められる。三人を見た時からそう思っていた。

この世界での経験と人脈には自信がある。だが今まで人生を賭けてきた路線との違いは何ともしがたい。

今の仕事は仮住まい。心のどこかにそんな思いがあることは自分が一番よく知っていた。

「娘っ子の面倒か……」

サブさんの言葉を思い出し苦笑いが出た。

鳩村は、自分の運転する車で三人を東京タワーに近い芝の事務所に送り、後のことを事務所のスタッフに引き継いだ。

一杯やらないかというスタッフの誘いを断って外に出た。

いつの間にか夕暮の風から頬を刺すような冷気が消えている。桜の季節も近い。

事務所の近くにある中華料理店で注文しておいた料理を受け取り、夕暮れの街を地下鉄の駅に向かった。渋谷で私鉄に乗り換え目的の駅に着くと、駅ビルの地下で冷えたビールを買った。

飲み屋街の路地を抜けて通りを二つ渡った住宅街の入り口に、目的のマンションはある。

エントランスに入りインターホンを押した。

「ポッポちゃんね」

朝風舞衣（あさかぜまい）のハスキーボイスが流れてきた。

「いつもの、用意してきましたよ」

カメラに向かって袋を持ち上げた。

最上階の十二階に上がると、部屋のドアを開けて舞衣が笑顔で迎えてくれた。化粧はしていない。

以前はステージの上ではもちろん、自宅でスッピンでいても五十歳を過ぎているとは思わせない若々しさがあった。

ステージから遠のいて二年がたち、当時の輝きは影をひそめてしまった。そんな姿を見るたびに切なくなり目を逸らしたくなる。

リビングに入ると、いつものように仏壇の前に立った。

田所祐介の笑顔の写真と目を合わせた。写真の脇には紫色の小さな花が飾ってある。

祐介は舞衣の夫であり、鳩村の三十年来の仕事仲間だ。今日は祐介の祥月命日だった。

線香をあげて手を合わせた。

(いつまでもそこで笑ってないで、舞衣さんのケツを叩いてくれよ)

心の中でいつもの文句を言った。

「さっき佐古ちゃんから電話があったわよ」

舞衣が声をかけてきた。

佐古総一郎。サンダイアルの社長だ。今年六十二歳で舞衣より八つ上だが、二人は舞衣がデビューする前からの付き合いで、舞衣、佐古ちゃんの間柄だ。

「もうすぐ三回忌だけどどうするのかって」

話はそれだけではなかったはずだ。

鳩村は曖昧に返事を返し、買ってきた料理を皿に盛った。

毎月、祥月命日には祐介も好きだったこの店の料理で食事をするのが一年ほど前から続く決まり事だった。

テーブルに着きグラスにビールを注いだ。グラスは三つ。舞衣がその一つを仏壇に供えてから食事が始まる。

「やっぱりここの中華が一番美味しいわね」

舞衣はビールをひと口飲んでから料理に箸を伸ばした。舞衣と祐介が好きだった酢豚だ。この店の酢豚は、ピーマンやニンジンなどを入れず、カリッと揚げた豚肉とぶつ切りの長ネギだけで作っている。もう一品は新玉ネギとセロリの中華風ピクルス。これは舞衣の好物だ。

舞衣と祐介は、よく中華料理の食べ歩きをしていたが、高級な料理より街の中華料理屋でちょっと変わった味や工夫を見つけるのが好きだった。

鳩村はビールのグラスを傾けながら舞衣を見た。

今の時代には数少ない大人の歌が歌える歌手だ。三十年近くの間、常に一定のファンを得て第一線に立っていた。

そして鳩村は駆け出しの頃から、そのほとんどの年月をマネージャーとして舞衣と一緒に歩いてきた。鳩村にとって舞衣の歌は人生そのものだった。

祐介は同じ事務所で歌手やタレントの営業戦略を立てる内部スタッフのチーフだった。それが十年前、突然、舞衣と結婚した。祐介が三十八歳、舞衣が四十四歳だった。

二人がいつの間にそんな仲になっていたのか、まったく知らなかった。社長より先に二人そろって話してくれたのがせめてもの救いだった。祝福の言葉を口にしたが、胸の奥が締め付けられるような思いは消すことができなかった。その晩は無理に作った笑顔で二人の誘いを断り、一人で酒を飲んだ。苦い酒だった。

結婚してからの舞衣の歌は、それまでにない艶(つや)が出て、そばにいる鳩村もゾクッとすることがあるほどだった。

その祐介が二年前、わずか一ヶ月の入院生活を経て他界してしまった。

舞衣の悲しみと落胆は誰も声をかけられないほどだった。そして生きる張りも気力も失いステージを去ってしまった。

鳩村は週に一度はこの部屋を訪れ祐介に線香をあげた。一年程前からこうしてビールと食事で思い出話ができるようになった。

「佐古ちゃんから聞いたわよ。最近は若い子の面倒見てるんだって」

この部屋に来て仕事の話をしたことはなかった。

「この歳でアイドルを担当するとは思いませんでしたよ。おかげで毎日振り回されてます」

「ポッポちゃんに任せておけば、きっとうちの看板になるはずだって言ってたわよ。そうじゃなきゃポッポちゃんに任せるわけないものね」

「俺がやりたいのは大人の歌ですよ」

微笑みながら舞衣の目を見て言った。

舞衣も微笑みを返してきた。しかしそれは胸の奥に居座っている悲しみが形を変えて表れたものだった。

「どうなの。ポッポちゃんから見て本当にいけそうなの？」

舞衣が表情を改めて言った。

「見てみますか」

鞄の中にはDVDが入っている。

舞衣は一瞬考えるような顔をしてから頷いた。

「ポッポちゃんに任せたってところが気になるわね」

舞衣の言葉に胸が高鳴った。この二年間、この部屋でＤＶＤはおろかテレビをつけたこともなかった。舞衣の気持ちに何か変化があったのかもしれない。黙って頷きＤＶＤをセットした。

一曲目はシホがセンターで激しいダンスが売りの曲。二曲目はジュリがセンターで初恋をテーマにした明るい曲だ。そして三曲目はトモカをセンターに失恋と旅立ちをテーマにしたバラード系の曲だ。

テレビの前のソファに移って画面を見つめる舞衣が途中から少し身体を乗り出した。

ＤＶＤが終わると、舞衣は考え込むような顔でじっとしている。

「どうですか」

鳩村が声をかけると、舞衣はテーブルに戻った。

「佐古ちゃんが期待するのもよくわかる。いい三人を見つけたわね」

舞衣が若手を褒めることはめったになかった。

「最初の子、ダンスがいいわね。華がある。それに踊っている時の表情。あれはなかなかできるものじゃない。天性の演技の素質があるのかな」

シホが聞いたら泣いて喜ぶだろう。

「それより三番目の子。どこで見つけてきたの」

「全員オーディションですが、彼女は地下アイドルをやってたんですよ」

「地下アイドルって見たことはないけど、あんな子がいるんだ。わからないものね」

しきりに感心している。

「そんなにいいですか」

鳩村が尋ねると舞衣は悪戯っぽい笑顔を見せた。久しぶりに見る表情だ。胸がうずいた。この笑顔が鳩村の三十年間を支えてくれた。

「ポッポちゃんもわかってるんでしょ。あの子の歌は本物よ。長い目で見て、しっかり育てれば本当の歌が歌える歌手になる。久しぶりにいい子を見たわ」

さすがは朝風舞衣だ。たった一回、ＤＶＤを見ただけで二人の特性を見抜いたようだ。しかも鳩村が感じている以上に評価は高い。

若い三人の姿を見て何かを感じたのか舞衣の表情は明るい。

「今日、照明のサブさんに会いましたよ」

「元気にしてた？」

「相変わらずでした。本当の大人の歌が聴きたいってハッパをかけられました」

舞衣の表情から明るさが消えた。

「舞衣さん、三回忌が終わったら――」

「ポテトサラダ」

舞衣がこれまでとは違う笑顔を浮かべて身体を少し乗り出した。

唐突すぎて聞き間違いかと思い次の言葉を待った。

「覚えてる？　祐介が作ってくれたポテトサラダ、ポッポちゃんもここで食べたことあるでしょ」

他では食べたことのない独特の味だった。何が入っているのか訊いたが、笑いながら秘密だよと言って教えてくれなかった。

「彼、いろいろな料理を作ってくれたけど、私が本当に辛かったり嬉しかったりした時には、必ずあのポテトサラダがあったのよね。あれが私の元気の源だったのかな」

祐介は結婚して事務所を辞め、朝食はもちろん、どんなに遅くなっても、舞衣の体調に合った夜食を作り帰りを待っていた。

しばらく仏壇の写真に目をやっていた舞衣の肩から、ふっと力が抜けた。

「久しぶりに若い子の歌を聴いたら疲れちゃった。今日はお開きにしましょう。いつもありがとう」

鳩村は黙って頷いた。


このまま家に帰る気にはなれず、駅の近くの飲み屋の並ぶ路地に入った。賑やかで元気な店員のいる店で飲みたい気分ではない。一人で落ち着いて飲めそうな居酒屋もあったがカウンターは鳩村と同じような年代の男で埋まっていた。

路地の途中に小さな横道が見えた。その道を見て思い出した。

祐介が入院する半年ほど前だった。この辺りの横道で舞衣と二人で面白い店に入ったと言っていた。

路地を折れると急に世界が変わったような静けさに包まれた。

一軒の店の前で足を止めた。暖簾には『灯火亭』の文字。

記憶を手繰ったが祐介が口にした店の名前は思い出せなかった。

暖簾をくぐって引き戸を開けた。

「いらっしゃいませ」

若い女性の声に迎えられた。左手にカウンター、右手が小上がりの典型的な居酒屋の造りだ。

カウンターには仕事帰りらしいパンツスーツの女性とひょろりとした印象の男性が座っている。小上がりにはサラリーマン風の三人。悪くない雰囲気だ。

カウンターに腰を下ろした。

「日本酒を」

注文を取りに来た女性の従業員に言った。

「お燗のお好みは」

珍しく燗付け器ではなく湯煎で燗をつけるようだ。

「少し熱めでお願いします」

女性従業員が笑顔で返事をして離れていった。

こんな小さなやり取りをするだけで酒が来るのが楽しみになる。

「いらっしゃいませ」

カウンターの中から声をかけられ顔を向けた。

ショートカットに薄い化粧、歳は三十代後半か四十過ぎだろう。見た目は女性だが声の感じからすると男性のようだ。切れ長の目に引き締まった口元は少し冷たい感じを受けるが、こちらに向けた笑顔には何とも言えない優しさと温かさを感じる。

「お待たせしました」

徳利とぐい飲み、それにお通しの皿が置かれた。

まず一杯。熱めで好みの燗だ。

ふと横を見ると女性の従業員がこちらに目を向けている。ぐい飲みを持ち上げて頷くと、従業員は笑顔で小さく頭を下げた。

お通しの皿に目をやり、おっと声を出して箸を伸ばした。

サクサクの歯応えに味噌の味と香りがいい具合に滲(し)みこんでいる。長芋の味噌漬けだ。

久しぶりに口にした。

日本酒には最高の肴だ。

「お気に召していただけましたか」

カウンター越しに店主が声をかけてきた。

「いい味ですね。酒が進みます」

店主は、ありがとうございますと言って小さく頭を下げた。

「あれ、ユウさん。長芋の味噌漬けあるんだ」

一つ椅子を空けた席の男性が声を上げた。

「ちゃんと杉パンさんの分も用意してありますよ」

ユウさんと呼ばれた店主がカウンター越しに皿を出した。

「そうこなくっちゃ。長芋は今の時期が一番美味しいからね」

「今が旬なんですか」

店の雰囲気につられてつい声をかけてしまった。

「違いましたっけ」

杉パンさんと呼ばれた男性がごく自然に答えてから店の奥に顔を向けた。

「亜海ちゃん、長芋は今が旬だったかな」

杉パンさんに呼ばれた女性の従業員が近づいてきた。

「長芋は春に植えて十一月から十二月にかけて収穫する秋掘りと、雪解け後の三月から四月にかけて収穫する春掘りがあるんです。秋掘りは瑞々しいのが魅力で、今の時期の春掘りは旨味も成分も凝縮されて熟成した味と言われています。いかがですか、春掘りの味噌漬けのお味は」

立て板に水の説明、お見事でした。

「ということだそうです」

杉パンさんが鳩村に顔を向けて笑った。

「ユウさんの長芋の味噌漬けを食べるのは初めてですか」

「今日、初めて寄らせてもらいました」

「そうですか。ユウさんの料理は美味しいから酒が進みますよ」

杉パンさんは楽しそうに言うと、顔を正面に向けて自分の世界にもどっていった。常連がちょうどいい距離感を保ってくれている。

長芋だけで徳利が一本空いてしまった。

壁に貼ってあるメニューを見て、日本酒の追加と牛スジの塩煮込みを頼んだ。

期待を裏切らない味だった。牛スジは口に入れると、程よい塩味でほろほろととけるようだ。いちょう切りにした大根と人参にもしっかり味が滲みこんでいる。添えられたレンゲでスープをひと口飲んでみた。牛スジの茹で汁に塩だけを加えた味付けなのだろう。シンプルな味だけに丁寧な仕事がうかがえる。

牛スジをひと口味わってぐい飲みを傾ける。大根と人参でもう一杯。スープを口にしてまた一杯。思わず笑みがこぼれてしまう。

久しぶりに酒と肴で幸せな気分になった。

「お近くですか」

ユウさんが声をかけてきた。

「週に一度は仕事でこの辺りに来ています。最近は飲まずに帰ることがほとんどでしたが、いい店に巡り会えました」

「どうぞ、ご贔屓に」

ユウさんが目を合わせたまま首を傾げて言った。

なんとも不思議で魅力的な目だ。少し話がしてみたくなった。

「二年ほど前になると思いますが、歌手の朝風舞衣が旦那と一緒に来たことがありませんか」

鳩村の問いかけに、ユウさんが笑みを浮かべながらちょっと困ったような顔をした。

ここは正直に話した方が良さそうだ。名刺を渡した。

「朝風舞衣のマネージャーをしています鳩村といいます。旦那は会社の同僚でした。今も朝風舞衣の自宅からの帰りなんです」

ユウさんが名刺から鳩村に目を移し静かに頷いた。

舞衣の夫が他界したことや、それ以後、舞衣が芸能界を引退同然になったことは、一時、ワイドショーや週刊誌で話題になった。

「たしかに二年ほど前、お二人で来ていただきました。鳩村さんが座ってらっしゃる席にご主人、その左に朝風さんがお座りでした」

「朝風舞衣さんなら、うちの店にもパンを買いに来てくれたことがあったな」

杉パンさんが前を見たまま言った。

「いつもご主人と一緒で、商店街じゃ有名な仲良し夫婦だったね。テレビで見ると貫禄があるけど、二人で買い物している時は妙にかわいらしくてね。俺、好きだな、あの人の歌。なんかさ、俺でも頑張ればまだまだいけるんじゃないか、なんて気持ちにしてくれてね」

杉パンさんは一人で頷いてから左側の女性客に声をかけた。

「美佐樹先生もＣＤ買ったって言ってたよね」

美佐樹先生と呼ばれた女性客が鳩村に顔を向け小さく会釈をしてから杉パンさんに視線を移した。

「三年くらい前かな。あの人の『冬の星に抱かれて』を聴いたら、なんだか急に泣けちゃってね。悲しい歌じゃないのにさ」

美佐樹先生が鳩村に顔を向けてきた。

「もう引退されたんですか」

杉パンさんとユウさんの目が鳩村に向けられた。

「必ず戻ってきます」

鳩村の言葉に二人が黙って頷いた。

「待っていてくれる人がいるって素敵なことですね」

ユウさんが静かな目を向けて言った。

舞衣が待っていてほしかったのは祐介だけだった。胸の奥から湧き上がってきた苦い思いを日本酒で流した。

二本目の徳利が空になったのを機に席を立った。これ以上飲むと居心地のよさについつい深酒をしてしまいそうだ。

「また寄らせてもらいます」

勘定を済ませて外に出た。

すぐ先の路地の喧騒(けんそう)が嘘のように静かな道だ。

「祐介、早いとこ舞衣さんのケツを叩いてくれよ」

都会の夜空に向かってつぶやいてみた。返事の代わりに春を感じさせる夜風が鳩村の頬を撫でていった。


「お疲れさん。いいできだった」

鳩村はＳＪＴの三人の顔を見回して声をかけた。

昨日と同じテレビ局の控室だ。お笑い芸人がＭＣを務める番組のスタジオ収録が終わったところだった。

午前中のダンスのレッスンではまだ昨日のしこりが残っていたが、さすがに本番はいつもの雰囲気で収録を終えた。

「シホちゃん、与那城(よなしろ)先生に褒められたんですよ。ダンスの切れと表情がいいって」

ジュリがシホにも聞こえる声で鳩村に言った。

「与那城さんがいたのか」

「この部屋に入る直前に廊下で見かけたんで挨拶に行ったんです。その時に」

与那城は、一年ほど前にアメリカから帰国したダンサーで、自身のダンスもさることながら、最近は振付師（ふりつけし）として注目されている。今売れているトップアイドルのほとんどが与那城の振付で、その世界ではカリスマ的な存在だ。

鳩村は以前からＳＪＴの次のステップとして与那城に振付をしてもらうことを考え動き始めていた。

何しろ売れっ子で、男女十人のダンスチームを率いて各地でライブを開いているうえ、一つの振付にじっくり時間をかけるのでＳＪＴクラスが与那城に振付をしてもらうのはなかなか難しい。

正式なオファーを出して順番を待っていたのではいつになるかわからない。どこの事務所もいろいろな伝手（つて）を使って内々の承諾を得てから正式なオファーを出すのだ。

鳩村は知り合いの伝手で与那城の経歴や仕事の進め方をしっかり把握するところから始めた。

そして与那城に最初に目を付けてバックアップしたテレビ局のディレクターに渡りを付け何度も頭を下げた。上司の局長にもさりげなくだが、与那城の振付を希望していることを伝えた。

与那城のスポンサー筋を回りダンスチームのマネージャーとも顔つなぎをした。ライブ会場に足を運び、立ち話程度でも機会を作って本人に繰り返しＳＪＴを売り込んだ。

とにかく一回、三人をじっくり見てもらうことが必要だった。

三人と一緒にいる時間以外のほとんどをこの仕事に使っていた。

そして一昨日、本人から鳩村の携帯に直接、振付を受けると連絡があった。別のテレビ局での収録を見て興味を持ったということだった。近く与那城の個人事務所の担当者と具体的な話をするところまでこぎつけた。

マネージャーがどんなに頑張っても本人たちに魅力がなければ振付師もテレビ局も動いてはくれない。鳩村は三人の実力を信じていたから本気で動き回ることができたのだ。これでＳＪＴがステップアップできればマネージャー冥利(みょうり)に尽きる仕事だ。

「鳩村さん」

シホが上気した顔で近づいてきた。

「与那城先生、まだ局内にいるみたいです。鳩村さんから振付をお願いしてもらえませんか」

彼女たちはまだ内々に振付のオーケーをもらったことを知らない。他の事務所から横槍が入るといけないので、正式な契約をするまでは鳩村とチームＳＪＴの数人だけで話を進めていた。

「今は会わなくてもいい」

「どうしてですか」

シホが泣きそうな顔で怒りの声をあげた。

他の二人も不満そうな顔だ。今の鳩村の言葉を聞いたら当然の反応だ。堅く口止めしてここで話してやってもいいのかもしれない。

三人が飛び跳ねて喜ぶ姿が目に浮かび自然に口元がほころんだ。

「何がおかしいんですか」

勘違いが怒りに火をつけてしまったようだ。

「違う、よく聞け」

鳩村が慌てて手を振るのと同時に、シホの口から思いもかけない言葉が飛び出した。

「鳩村さん、私たちのマネージャーなんかやりたくないんですよね」

シホが一歩詰め寄ってきた。

「鳩村さんの頭の中には朝風舞衣さんのことしかないって。みんな言ってます」

何を言っているんだ。

「私たちを事務所に送ったら、その足で朝風さんのマンションに通っているんですよね」

通っている。俺のやっていることはそういうことなのか。シホの言葉が棘を持った塊になって胸の中を掻き回した。

シホは自分の言葉で怒りが増幅したように目を吊り上げている。

「違うんですか」

「いいか、舞衣さんの死んだ亭主は昔からの同僚で――」

「それでもご主人が亡くなった一人暮らしの舞衣さんのマンションに通っているのは間違いないですよね。そんな暇があるなら――」

「いい加減にしろ」

胸の中の棘が怒鳴り声になって飛び出した。

「俺はお前たちをトップアイドルにするために……」

怒りと情けなさでその先は言葉にならなかった。

「今日はタクシーで事務所に帰れ」

それだけ言って部屋を出た。

廊下をゆっくり歩いた。自分の胸の中に渦巻く怒りを持て余した。

舞衣の歌う姿、打ち上げで見せる笑顔。次々に頭に浮かんできた。あの歌声と笑顔に支えられて三十年間走り続けることができた。

祐介との結婚話を聞かされた夜、一人で飲んだ酒。あの時、心の何かに蓋をした。マネージャーとして舞衣を支える。朝風舞衣が輝けば鳩村敏行の人生も輝く。それでいい。そう思い込ませて何かに蓋をした。

祐介の死がその蓋を少しずらした。今の怒りは若いシホに、ずれた蓋の隙間から心の中を覗かれたからか。

「どうした、おっかない顔して」

正面から声をかけられ我に返った。サブさんが立っていた。馴染の顔を見て肩から少し力が抜けた。

「自分が嫌になっちまいましたよ」

「あの娘っこたちの面倒見るのに疲れちまったか」

サブさんが笑った。

鳩村が答えずにいるとサブさんの表情が少しきつくなった。

「舞衣姉さんのことか」

サブさんはしばらく鳩村を見つめてから表情を緩めた。

「ポッポちゃんよ。何があったか知らねえけど胸を張って廊下の真ん中を歩きな。あんたにはそれが一番似合ってるよ」

サブさんは鳩村の肩を力いっぱい叩くと背中を向けて歩き出した。

「失礼します」

若い女性の声に振り返った。色とりどりの衣装を掛けた長いラックが軽やかな音を立てて横を通り過ぎて行った。

「申し訳ありません」

女性スタッフがラックを止めて、廊下の真ん中を歩いているサブさんの背中に控えめに声をかけた。

振り向いたサブさんは、おっと、と声を上げて道をあけた。

「急いでひっくり返るなよ」

サブさんはラックを押す女性の後ろ姿に声をかけてから、鳩村に目を向けてきた。

「何でもかんでも真ん中歩いてりゃいいってもんじゃねえよな」

サブさんは笑い声を上げると再び背中を向けて、やはり廊下の真ん中を歩き始めた。


事務所に戻る気にはなれず、街をぶらついた。チームＳＪＴの坂崎（さかざき）に電話をして、三人が戻ったらしっかり口止めをしたうえで、与那城の振付が決まったことを教えるように伝えた。

それくらいの理性は持っていた。ただその後、携帯の電源をオフにした。

気が付くと舞衣の住む街の駅前に立っていた。辺りはすっかり暗くなり、居酒屋が賑わう時間になっている。

昨日見たユウさんの目が蘇り、足は自然に灯火亭に向かっていた。

引き戸を開けると、昨日より親しみを込めた笑顔でユウさんと亜海ちゃんが迎えてくれた。

「あれ、鳩村さんでしたっけ。ユウさんの料理の虜になっちゃいましたか」

カウンターには昨日会った杉パンさんが角刈りの同世代の男性と二人並んで飲んでいた。他に客はいない。

軽く会釈をし、席を一つ空けてカウンターに座った。

「お飲み物は日本酒、少し熱めでよろしいですか」

亜海ちゃんが笑顔で訊いてきた。

「お願いします」

「今日も、朝風さんのお宅ですか」

ユウさんがカウンター越しに声をかけてきた。

優しい笑顔だ。どことなく舞衣に似ているような気がした。

「いえ、このお店で一杯やりたくてやってきました」

ユウさんは、ありがとうございます、と言ってから笑顔を消して見つめてきた。

「随分お疲れのご様子ですね」

疲れているというより、情けない顔をしているのだろう。

ユウさんの言葉に苦笑いで答えて熱燗をひと口飲んだ。いい燗加減だ。カウンターの奥に顔を向けると亜海ちゃんと目が合った。黙ってぐい飲みを持ち上げて頷いた。亜海ちゃんが嬉しそうに微笑んで小さく頭を下げた。

ユウさんに視線を戻した。

「今、担当してる若い三人組とうまくコミュニケーションってやつが取れませんでね。何だか空回りしているようで情けなくなります」

「若い人を育てるのって楽しいじゃないですか」

「十九歳と十八歳。デビューして二年程度で、まだ本当の苦労も怖さも知らない連中です。何もわかっちゃいないんだ」

まだ飲み始めたばかりだというのに酔ってくだを巻いたような言い方になってしまった。

「どうすればいいんですかね。そんな連中の扱いは」

思わず口にしていた。

「若い人の気持ちをちゃんとわかってあげるのは難しいですね」

ユウさんは少し寂しそうな表情で続けた。

「ただ若くて経験が浅いから悩みや傷つき方も浅いなんて思わないであげてくださいね。鳩村さんの五十年もその子たちの十九年も人生の全てという意味では同じじゃないかしら。自分をごまかしたり納得させたりする方法を知らない分、若い人の方が辛くて悲しいのかもしれませんよ」

ユウさんはそのまま鳩村の目を見つめている。

シホ、ジュリ、トモカ。三人の姿が頭に浮かんできた。スタジオの床を汗で濡らしながらレッスンする姿。レコーディングが終わりジュースで乾杯する三人の笑顔。怒りをストレートに表すシホ。他の二人に気を遣いオロオロするジュリ。努力を決して表に出さずひょうひょうとしているトモカ。

鳩村から見ればみんな子供だ。だが彼女たちは手にしたチャンスをものにするため、不安や焦りと毎日闘っている。だから大人も一緒に闘える。いつの間にか、彼女らが若いというだけで上から見ていた。一生懸命やっているのは自分だけじゃない。

「まいったな」

こんな当たり前のことを忘れていた。

「ごめんなさい。何も知らないのに偉そうなことを言ってしまって」

ユウさんが両手を合わせて困ったような顔を向けてきた。

「とんでもありません。今の言葉で狂ってた歯車が嚙み合った気分です」

「よかった」

ユウさんが安心したような顔をした。

「今日は、ゆっくりしていってくださいね。何か召し上がりますか」

ユウさんに言われて壁に貼ってあるメニューを見た。居酒屋料理の定番が並んでいるが、きっとどれもひと味違うのだろう。

メニューの端で目が止まった。すぐにユウさんに顔を向けた。この人の店なら奇跡が起きるかもしれない。

「ポテトサラダをお願いします」

ユウさんはちょっと意外そうな顔をしてから頷いた。

亜海ちゃんが運んできてくれたポテトサラダをしばらく見つめた。

チラリとユウさんに目をやってから箸を伸ばした。味も食感も申し分ない。だが奇跡は起きなかった。

当たり前だ。そんな調子のいい話があるはずない。自分を笑ってしまった。箸を置いてぐい飲みに手を伸ばした。

「お口に合いませんでしたか」

ユウさんが心配そうな声をかけてきた。

「いえ美味しいです。ちょっと変わった味のポテトサラダを探していて、もしかして出会えるかなんて思ってしまったもので」

「珍しい味……」

「朝風舞衣の旦那が作ったポテトサラダです。彼女は今でもそのポテサラを懐かしんでいるのですが、私も彼女もレシピを聞いていませんでした」

「どんなお味でした」

「ごくごく一般的なポテトサラダなんですが、ひと言で言えばスモーキー、薫香(くんこう)というんですか。それがかなり強いんですが、しつこくなくて優しい香りなんです。スモークハムや燻製(くんせい)の卵を使って試してみましたが、どこか違うんです」

ユウさんは下を向いて少し考えるようにしてから顔を上げた。

「お二人でお見えになった時、少し話をさせていただいたけど、ご主人は秋田のご出身でしたよね」

「そうです」

「少し試してみますね」

ユウさんは亜海ちゃんを呼び何か声をかけた。

待つほどもなく亜海ちゃんがポテトサラダの載った皿をカウンターに置いた。

「違っていたらごめんなさい。召し上がってみてください」

カウンター越しにユウさんが声をかけてきた。

半信半疑で箸を伸ばした。口の中にスモーキーな香りが広がり、まろやかに鼻に抜けていく。硬さのない優しい香り。間違いない。

「これです」

ユウさんの顔を見て叫んだ。

ユウさんが優しく微笑んで頷いた。

「いったい何を入れたんですか」

ユウさんは、ほんの少し焦らすような笑みを見せてから言った。

「いぶりがっこ」

食べたことはあるが詳しいことは知らない。亜海ちゃんを見た。

「秋田県の横手市が本場と言われているお漬物です。干し大根が冬場に凍ってしまうのを防ぐために囲炉裏の上に吊るして燻し、米ぬかの樽に漬けて寝かせて作ったのが始まりと言われています」

祐介の故郷の味だったのだ。

「ちょっとユウさん、そんな美味しいポテサラがあるんなら俺にも食べさせてよ」

杉パンさんの隣の角刈りの男性客が声を上げた。

「そう言うと思って、大将の分も用意しましたよ」

ユウさんが楽しそうに言って皿を出した。

「なるほど、こいつは面白い味だな。ポテサラはビールかハイボールかと思っていたけど、これなら日本酒にも合うね」

大将は頷きながら食べている。

こうしてはいられない。

「ユウさん、今から朝風舞衣をここに連れてきます。このポテサラを食べさせてやってください」

答えを聞く前に立ち上がった。

「ごめんなさい」

ユウさんが口に手を当てた。

「いぶりがっこが終わってしまったの。ほんのちょっとしか残っていなかったもので」

目の前の皿を見た。驚きと喜びであっと言う間に食べてしまった。

慌てて大将を見た。

大将は目が合うと、ぎょっとしたような顔で少しのけ反り首を小さく振った。カウンターの上の皿は空だった。

「お前、なんで全部食べちゃったんだよ」

杉パンさんが大将を睨んだ。

「そんなこと言ったってしょうがないだろ」

「さっきまでの鳩村さんの話が少しは耳に届いていたろ。このポテサラはな、あの朝風舞衣さんがステージに帰ってこれるかどうかって大切な料理なんだぞ。そうですよね」

杉パンさんは最後のひと言を鳩村に向かって言った。

これを食べたからといってステージに戻るとは思えないが、それでも彼女を元気づけることはできるはずだ。

「朝風舞衣って、あの『夏の風に吹かれて』の朝風舞衣か」

「そうだ。あの『春の夢を連れて』の朝風舞衣だ」

「こりゃあ一大事だ」

大将がポケットからスマホを出してどこかに電話をかけ始めた。

「健司か。お前の店にいぶりがっこあるか。ある。よし、今すぐ灯火亭に持ってこい。あるだけ全部だ」

スマホに向かって大声を上げた。

「酒飲んでもう寝ただぁ。持ってこなけりゃ灯火亭出入り禁止だ。わかった。俺が今から取りに行くから用意しとけ」

大将はスマホを握ったまま顔を向けてきた。

「ひとっ走りすれば十分もかからない。ユウさん大丈夫だな」

大将の言葉にユウさんが頷いた。

大将はそのまま店を飛び出して行った。

「申し訳ありません。必ず連れてきます。よろしくお願いします」

ユウさんに頭を下げ、大将の後を追うように店を出た。

鳩村は灯火亭のカウンターに朝風舞衣と並んで座っている。

舞衣のマンションを訪ね事情を説明した。最初は拒んでいたが、灯火亭と聞いて考えを変えたようだった。舞衣はユウさんを覚えていた。

部屋を出る前に電話をするところがあると言われ、外で十分ほど待たされた。

灯火亭までの道のりはお互いにひと言も口をきかずに歩いた。

「お待たせしました」

亜海ちゃんが舞衣の前に皿を置いた。

舞衣は鳩村とユウさんを交互に見てから、いただきますと言って箸をつけた。

ひと口、ふた口。黙って食べている。

舞衣の向こうにいる杉パンさんと大将もじっとしたままだ。

舞衣が箸を置き、鳩村に顔を向けてきた。

「ポッポちゃん、ありがとう。間違いなく祐介の味だわ。嬉しい」

久しぶりに見る舞衣の本当の笑顔だ。

身体中から力が抜けたような気になった。同時に杉パンさんと大将が大きく息をはいた。

　ちらりと顔を向けてきた大将に頭を下げた。

　これですぐに復帰とはならなくても、一歩前に進んだことは間違いない。舞衣の笑顔がそれを物語っている。

「ユウさんもありがとう」

　舞衣がカウンターの向こうに声をかけた。

「優しいご主人だったんですね」

　ユウさんが静かに言った。

「ご主人の故郷の味をもう一品、用意させていただきます」

　ユウさんは静かに言って何かを作り始めた。

　微かな味噌の香りに混ざって独特の匂いが漂ってきた。

しまった。これはダメだ。慌てて立ち上がろうとする鳩村の肩に舞衣がそっと手を置いた。

　亜海ちゃんがお椀を持ってカウンターを出てきた。

「すいません、ユウさん。これは……」

「いいのよ」

舞衣に言葉を遮られた。彼女も匂いでわかっているはずだ。

舞衣の前に置かれたお椀は、秋田の郷土料理、納豆汁だ。豆腐やキノコ、油揚げなどの具を入れた味噌汁にすりつぶした納豆を入れる。

祐介は時々、これを作っていたが、舞衣は納豆のにおいが苦手だと言って決して箸を付けなかったのだ。

せっかくのポテトサラダのいい思い出が台無しになってしまう。なんでよりによって納豆汁を。

「いただきます」

鳩村の心配をよそに、舞衣はお椀を手にした。

「美味しい」

舞衣はつぶやくように言った。

「祐介の納豆汁もこんな味だったんでしょうね。ちゃんと飲んであげればよかった」

「ご主人は、舞衣さんのお気持ちを、ちゃんとわかっていたと思いますよ」

ユウさんが微笑みながら言うと、舞衣が何度も頷いた。

鳩村には二人の会話の意味がわからなかった。

「舞衣さん、納豆汁は——」

鳩村の言葉は携帯の着信音で遮られた。

「ごめんなさい」

舞衣がバッグから携帯電話を取り出した。

「佐古ちゃんからよ」

舞衣はちょっと意味深な笑みを浮かべ、長くなりそうなので外で話してくると告げて席を立った。

佐古社長と何の話だろう。長話になるというのは悪い兆候ではないはずだ。それよりも気になっていることがあった。

「ユウさん、舞衣は祐介の作る納豆汁は一度も箸をつけたことがなかったんです。なのになぜ今日は……」

「二年前にお見えになった時に、お二人で納豆汁の話になったんです。その時に感じたの。舞衣さんは納豆汁のにおいが嫌いなんじゃないって」

どういう意味だろう。特別な味付けをしたということか。

「舞衣さんはご主人に甘えたかったのじゃないかしら。これは嫌い、食べたくない。そんな我儘が言える相手がいることを楽しんでいた。そんな風に感じたの」

ユウさんは寂しそうな笑みを浮かべて言った。

祐介は舞衣が好みではないと言った料理は二度と作らないか、舞衣が喜ぶような工夫を加えていた。だが納豆汁だけは同じものを作り続け、そして拒否され続けていた。

祐介には舞衣の気持ちがわかっていたのだ。

かなわない。二人の愛情と信頼関係には、つけ入る隙などないのだと改めて知らされた。

胸の中に温かい思いと、ほろ苦い思いが同時に湧いてきた。

顔を上げるとユウさんと目が合った。

「二年前の客の会話をそこまで覚えているものなのですか」

鳩村の問いかけにユウさんは悪戯っぽい笑みを向けてきた。

「私だって、天下の朝風舞衣さんがお見えになったら、ドキドキして聞き耳を立てちゃいます。ミーハーなんですよ」

この人にもかなわない。

「鳩村さん、よかったね」

杉パンさんが声をかけてきた。

「お二人のおかげです。ありがとうございました」

頭を下げた。

「気にしなさんな。俺も朝風舞衣さんの近くで酒が飲めるなんて思いもしなかったからね」

大将が胸を張った。

「それにしても、長い電話ですね」

亜海ちゃんが引き戸の方を見て言った。

その言葉を待っていたように引き戸が開き舞衣が顔をのぞかせた。

「ポッポちゃんユウさん、新しいお客さんよ。未成年だからアルコールはなしでね。さあ入りなさい」

舞衣が後ろに声をかけながら店に入ってきた。

後から入ってきた顔ぶれを見て、思わず腰を浮かした。

亜海ちゃんが、きゃっ、と声を上げた。

シホ、ジュリ、トモカ。ＳＪＴの三人だ。

シホが鳩村の顔を見て小走りに近づいてきた。

「鳩村さん、ごめんなさい」

シホの言葉に合わせて三人が身体を二つに折った。

「どうしてお前たちがここに」

シホが頭を上げた。

「事務所にもどって、与那城先生の件を聞きました。それも鳩村さんが走り回って約束を取り付けてくださったたって。それなのに私……」

シホは、ごめんなさい、と言ってもう一度頭を下げた。

舞衣が鳩村の隣に立った。

「夕方、佐古ちゃんから電話があったの。彼女たちが必死になってポッポちゃんを探してるんだけど、そっちに顔出していないかって。だからポッポちゃんとここに来る前に佐古ちゃんに連絡して、三人を寄越すように言ったのよ」

そういうことだったのか。

「顔を上げろ」

三人がおずおずと顔を向けてきた。

「悪いのはお前たちじゃない。お前たちの不安や焦りを放っておいて、やることだけやっていればいいなんてのは、マネージャー失格だ。主役はお前たちだ。俺は道筋を見極めながらお前たちと一緒に走り続ける。いいな」

「私たち、ちゃんと話し合って気持ちを確かめ合いました。絶対大丈夫です。だから私たちのこと、これからもよろしくお願いします」

三人が一歩近づいてきた。

「俺はサラリーマンだから業務命令にはさからえないんだ。お前らがトップアイドルになればボーナスも出る」

真面目な顔で言ってからニヤリと笑うと、三人は少しの間を置いてつられたように微笑んだ。

三人を小上がりに座らせカウンターに戻った。まだ食事をしていないという三人のために亜海ちゃんが故郷奄美の郷土料理、鶏飯を作ってくれることになった。

三人は安心したのか、さっきまでの深刻な顔が嘘のように声を上げて笑っている。

「あれですから」

肩越しに三人の方を指でさしてユウさんに声をかけた。

ユウさんも苦笑いを返してきた。

「ポッポちゃん、私、歌うよ」

隣の舞衣が、さらりと言った。

「舞衣さん、今なんて……」

「さっき佐古ちゃんには頼んでおいた。明日から新曲の打ち合わせに入る」

舞衣の向こうから、大将の、やった、という小さな声が聞こえた。

「舞衣さんありがとう。祐介も喜ぶ。明日の打ち合わせは何時——」

「だめよ」

舞衣の言葉で先を遮られた。

「ポッポちゃんには、あの子たちがいるでしょ」

「それは……」

小上がりに目をやった。舞衣の言葉が聞こえていたようだ。三人が不安そうな顔を向けている。

「あんたたち」

舞衣が身体の向きをかえて声をかけた。

三人は、すっと居住まいを正して、はい、と声をそろえた。

「歌とダンス、見せてもらったけど、とってもいいよ。期待も込めて九十点あげる」

三人の顔がパッと輝いた。

「百点目指して頑張ります」

シホが明るい声で答えた。

「それじゃあだめよ」

舞衣が厳しい声で首を振って三人の顔を見回した。

「百点を突き抜ける何かがないと、この世界では生きていけないの。覚悟しなさい。道筋はポッポちゃんがつけてくれる。信じてついていきなさい。でも最後はあんたたち自身の努力と覚悟。わかるわね」

三人が真剣な顔で頷いた。

舞衣が身体の向きを戻してユウさんに目を向けた。

「ユウさん、ありがとう」

「私は何もしていません。鳩村さんの気持ちが皆さんに伝わったんです」

舞衣は小さく頷くとカウンターの上で両手を握った。

「この二年間、毎日、家で祐介と話をしていたの。それでいいと思っていた。早く祐介の所に行きたいと思っていた。でも久しぶりに祐介の味に出会えて思い出したの。彼はいつも私を待っていてくれた。どんな時も待っていて、そして私の歌を褒めてくれた。今もきっと私の歌を待っていてくれる」

舞衣は言葉を切ってユウさんを見つめた。

「だったら次に会った時に、彼に褒めてもらえる人生を歩かなきゃ。よくやったね。頑張ったね。そう言ってもらう。それがこれからの私の支え」

舞衣は大きく息をはくと笑顔を見せた。

「熱いの一本、いただこうかしら」

亜海ちゃんが小さな声で返事をした。

「舞衣さん、俺は――」

「私が三十年間この世界でやってこられたのは、あなたのおかげよ」

「だったら」

「彼女たちに、てっぺんからの景色を見せてあげられるのは、ポッポちゃんしかいないよ」

舞衣には必要のない人間だったのか。祐介とは違い、しょせんは代役で済む人間だったのか。俺の三十年はなんだったんだ。下を向き奥歯を噛みしめた。

「佐古ちゃんには一つ条件をつけてあるの」

舞衣の言葉に顔を上げた。

「私がコンサートを開くときは、ポッポちゃんを休みにすること」

意味がわからず舞衣の顔を見つめた。

「これからは私の歌を一番いい席で聴いて。そして心から私の歌を楽しんで。今、誰よりも私の歌を聴いてほしいのはポッポちゃん、あなただからね」

舞衣の笑顔と言葉が身体の中に沁みこんできた。

ありがとう。心の中で何度も繰り返したが言葉にならなかった。舞衣の目を見たまま黙って頷いた。

「お二人のことも聞かせてもらいました」

舞衣が大将と杉パンさんに身体を向けた。

「ありがとうございました。コンサートが決まったらチケットを送らせてもらいますから、是非、聴きに来てくださいね」

舞衣の言葉に大将と杉パンさんが背筋を伸ばし強張った顔で何度も頷いた。

「お待たせしました」

亜海ちゃんが徳利を運んできた。

「ユウさん、何か作ってちょうだい。今度はユウさんの味でね」

「腕によりをかけて作らせていただきます」

「お二人も、どうぞ」

舞衣が徳利を持って杉パンさんと大将に声をかけた。

緊張した顔でぐい飲みを差し出す二人に舞衣が日本酒を注いだ。

「料理ができるまで、若い子と少し話をしてみようかな」

舞衣が席を立ち小上がりに向かった。

舞衣の背中を杉パンさんと大将が目で追った。

「朝風舞衣さんにお礼を言われてお酌までしてもらったなんて、誰も信じてくれないだろうな」

大将が前に向き直って小声で言った。

「でもよ、灯火亭でのことだって言ったら、みんな納得しちゃうんじゃないか」

杉パンさんが言うと、二人はちらりとユウさんに目を向けて黙って頷いた。

鳩村もカウンターの中で料理を作るユウさんを見た。二人が言う通り、この店でなら奇跡が起きてもおかしくない。不思議な人だ。

タレントになったら人気がでるだろうな。ユウさんの横顔を見ながらそんなことを考えて苦笑いが浮かんだ。

人は自分に一番合った場所に立って仕事をするから周りを幸せにできるのだ。そう思ってぐい飲みを傾けた。身体の中に温もりと新たな闘志が広がっていく。

鳩村の背中を押すように、小上がりから明るい笑い声が上がった。

笑顔の味

「竹下先生、大丈夫ですか」

アシスタントの笹本志保が小さな声をかけてきた。

竹下沙紀はその言葉で我に返った。

顔を上げると目の前には、エプロンにバンダナという定番スタイルの男性たちが真剣な表情で包丁を使っている。

「具合が悪いのでしたら――」

「ごめんなさい。大丈夫よ」

志保の言葉を遮り前を向いた。このところ魂が抜けてしまったように突然頭の中が空っぽになってしまうことがある。

「先生、こんなもんですかね」

教室で最年長の加瀬さんが、面取りを終えたジャガイモを組板の上に並べて言った。

六十八歳とは思えない若々しい笑顔だ。

「丁寧でいいお仕事ですね。面取りをすると、煮崩れしないだけでなく、料理が上品に見えますからね」

沙紀は気持ちを入れ替えて笑顔で答えた。

加瀬さんが満足そうに頷いた。

他の生徒たちも加瀬さんのジャガイモを横目で見ながら包丁を動かしている。

沙紀は改めて教室の中を見回した。

広く取った窓から初夏の穏やかな日が差し込んでいる。

沙紀がこのクッキングスクールで講師を始めて五年がたつ。受け持っているのは、定年を迎えた男性を対象にした教室だ。

クッキングヒーターと調理台を備えた四つのスペースがあり、五人ずつのグループで料理をする。

沙紀の他に二人の二十代のアシスタントがいて、細かい作業手順に失敗がないように声をかけて回っている。

四月から始まった今期の教室は今日が二回目で、献立は、肉じゃが、キュウリとワカメの酢の物、それに油揚げの味噌汁という定番の料理だ。

会社をリタイアして料理教室に通おうという男性は、経済的にも余裕がある紳士が多い。料理という新しい世界を覗いてみたいという興味と、奥様や家族に料理を作ってちょっと感心されたいという動機がほとんどだ。講習はいたって穏やかな雰囲気で進む。

そんな雰囲気に慣れて気持ちが緩んでいるわけではない。

(ここは私の仕事場。しっかりしないと)

沙紀は胸の中で自分に言い聞かせて、次の料理の指導に移った。


「お疲れさまでした」

沙紀は後片付けを終え、アシスタントに声をかけ調理室を出た。

更衣室で調理服から私服に着替えて鏡の前に立った。

仕事柄、髪は短めにしているが、三日前に美容室で以前より短くカットしたばかりだった。四十代も後半に入って疲れが顔に出るようになったが、髪を切ったことで少し若返った感じがした。

「大丈夫。しっかりしないとね」

鏡の中の自分に声をかけて両手で軽く頬を叩いた。

廊下にある自動販売機でホットコーヒーを買って事務室に戻った。

他の講師や事務員合わせて十人ほどがデスクワークをしている。

沙紀は自分のデスクで報告書を作るためにパソコンのスイッチを入れ、コーヒーを飲んでひと息ついた。

「竹下先生」

声の方に顔を向けると、後ろに溝口裕子が立っていた。

「ちょっと来ていただけますか」

裕子は沙紀に声をかけ、そのまま応接室に入っていった。

裕子は、このクッキングスクール「旬菜」の経営者だ。

五年前にスクールを開き、徐々に生徒を増やし、今では若い女性向けの料理の入門コースをはじめ和食の専門コースにスイーツ&デザートコース、それに沙紀が担当しているシニア教室と経営は手広く堅実な経営を続けている。

「ドアを閉めて座って」

ソファーに腰掛けたまま裕子が言った。

沙紀は言われるままにドアを閉め、裕子の正面に腰を下ろした。

「沙紀ちゃん、何か心配事でもあるなら話してよ」

「いきなりどうしたの。別に困ってることなんてないけど」

二人きりになると言葉遣いががらりと変わる。

「私の目はごまかせないわよ。何年の付き合いだと思ってるの」

裕子が睨むような目で沙紀を見た。

裕子とは短大の食物・栄養学科を出て大手の料理学校に就職して以来の付き合いだから二十七年になる。

沙紀は二十三歳の時、八歳年上の男性と知り合って結婚し、翌年妊娠したのを機会に料理学校を辞めた。

裕子はそのまま料理学校に勤めながら、着々と準備を進め、五年前に独立してクッキングスクール旬菜を立ち上げた。

その間もずっと気の合う友人として付き合いを続け、旬菜の立ち上げに向けた苦労話や愚痴の聞き役になっていた。

裕子がどれだけ苦労してきたかを知っていたので、スクール開講の一年前、講師として来てほしいという依頼を断れなかった。

子供と夫の食事や身の回りの世話には絶対影響が出ない範囲でという条件をつけた。

二十年近く、毎日、家族の食事や弁当を作っていればたいていのことはできるが、それを系統立てて説明し指導するとなると簡単なことではなかった。シニアクラスの担当で、メニューも一般的な家庭料理ということだったので、一年間の準備で何とか形にすることができたのだ。

主婦の潜在能力を侮ってはいけない。これは裕子が沙紀の料理の腕前を見て言った言葉だ。

「じゃあ言わせてもらうわね」

しばらく黙って沙紀を見つめていた裕子が口を開いた。

「沙紀ちゃん、最近のあなた明らかに変だよ。時々、ため息ついたり、ぼーっとしたりして。指導中にも、ふっと魂が抜けちゃったような顔することがあるわよ」

「私が？」

素知らぬ顔で答えたが、内心の焦りは隠せなかった。

「浩一さんと喧嘩でもしたの。それとも不倫に目覚めちゃったとか」

冗談めかした言い方が、裕子の心遣いだとわかっているだけに辛かった。

「馬鹿なこと言わないでよ」

明るく言い返したが落ち着かなかった。

「歩美ちゃんは大学を出て北海道で就職、翔大くんは専門学校を出て一人暮らし。残ってるのはサラリーマンの旦那だけでしょ。自由に使える時間が増えたわけじゃない」

「だからその分、仕事には力を入れているし、これまで以上に考えて指導の仕方は工夫をしているわよ」

裕子は黙ったまま、沙紀を見つめている。

何かを考えるようなそぶりで顔をそむけたが、裕子の視線を痛いほど感じた。

「もし体調が悪いなら、少し休んでもいいのよ」

裕子の言葉に顔を上げた。

「ちょっと待って。そうしたら誰がシニアコースの面倒をみるの」

「それでも最近の沙紀ちゃんを見ていたら――」

「気に入らないところがあるなら、ちゃんと直す。頼まれてる新しいレシピも考える。だから……」

そこから先は言葉が出なかった。

指導者が代わってもそれほど困ることはないのかもしれない。沙紀程度の料理の腕とキャリアがある講師は他にもいる。

「私がいなくなっても誰も困らないか……」

下を向いたままつぶやくように口にしていた。

裕子は何も言わない。

部屋の空気が急に重たくなって沙紀の身体にのしかかってきた。

「空(から)の巣(す)症候群って知ってる？」

裕子が唐突に言った。

沙紀は裕子に視線を戻した。言葉の意味がわからず黙って首を捻った。

「ひな鳥が巣立った後の空の巣から来ているんだけどね。子供が独立して夫婦二人だけになって急に気が抜けたような状態になることを言うんだって」

裕子が説明を続けた。

結婚後すぐに子供ができて子供中心の生活が長い母親が、子供が独立した後に陥りやすい心の病だということだ。

「沙紀ちゃん、食事もお弁当も勉強も、子供たちの面倒をみることに関しては決して手を抜かなかった。子供の成長が生き甲斐だっていうことが近くで見ていてよくわかったわ。その子供が二人同時に手元から離れちゃったわけでしょ。しかも想定より早く」

裕子の言葉を聞き、知らず知らずのうちに膝の上に置いた手を握りしめていた。

「生きる張りがなくなっちゃったんじゃない？」

「馬鹿なこと言わないでよ」

すかさず言い返したが、座り心地の悪い椅子に腰を下ろしているような気分になった。

裕子はじっと沙紀を見つめてから、よし、と言って立ち上がった。

「何かあったらちゃんと話してよ。たまには飲みに行こう。愚痴くらい聞いてあげるから」

裕子は、重い空気を払いのけるように明るく言って応接室を出て行った。

一人になると、応接室がとてつもなく広い空間に感じた。

「誰も私を必要としていないってことかな」

自分が言った言葉に胸が締め付けられた。

夕暮の中で街路樹の葉が初夏の風に揺れている。

沙紀は若い頃からこの季節が一番好きだった。新緑を見ていると身体に力がみなぎってくるように感じたものだ。

だが今日はそんな気持ちとはほど遠かった。

沙紀は旬菜を出て私鉄の駅に向かって歩いている。いつもなら三時には料理教室を出て帰宅するが、今日はこの時間まで仕事を続けていた。夫の浩一がラインで『遅くなるので晩御飯いらない』と伝えてきたので、帰る気にならなかったというのが正直なところだ。

この秋から始まる新しいシニアコースのメニューを考えていたが、気持ちの底の方が波打って集中できなかった。

旬菜の新しい目玉になるような斬新なメニューを考えて、沙紀がなくてはならない存在だと認識してもらいたい。そう思えば思うほど考えはまとまらず、結局、具体的なメニューどころか、方向性さえ浮かばないまま旬菜を後にした。

重たい身体を一歩一歩前に進めながら駅に抜ける路地に入った。

一瞬、道を間違えたかと思った。両側に居酒屋が並ぶ細い路地は、人通りも多く、店の看板に明りが入り、換気扇からは料理の匂いを乗せた煙が流れ出て活気に溢れている。

もう何年も開店前の静かな佇まいしか見たことがなかった。

「こんな賑やかな飲み屋街だったんだ」

今さらながらに驚いて路地を進んだ。どの店もかなり客が入っている。路地の雰囲気がお酒の味をいっそう高めてくれるような、活気が溢れる魅力的な眺めだ。

一軒の居酒屋の前で足を止めた。季節がいいからなのか、入り口の引き戸を開けっぱなしにしてあり、中の様子が見えた。

カウンターにスーツ姿のサラリーマンらしき男性が背中を丸めて並んでいる。みんな前を向いているところを見ると、仕事を終えて一人で来ているのだろうか。

顔は見えないが、夫の浩一と同じ五十代半ばのようだ。

「家に帰りたくないのかな」

夫が仕事の後、仲間と飲みに行くのは、まったく気にならないが、もし一人で飲んでいるとしたら、妻としては複雑な気持ちになる。

「お一人様、入れますよ」

突然、店から出てきたTシャツ姿の若い従業員に声をかけられた。

「ごめんなさい」

慌ててその場を離れた。

路地には安く飲めそうな居酒屋が並んでいるが、それだけではない。前から歩いてきた若いカップルが入ったのは、明るい感じのおしゃれな店だ。

子供が生まれる前はこんな居酒屋に浩一と二人で飲みに行ったものだ。

お酒は決して嫌いではない。浩一と晩酌を楽しむこともあるし、子供が寝た後に二人でウイスキーを楽しむこともあった。

二人きりの生活になったのだから、一緒に外に飲みに行くのもいいかもしれない。そんなことを考えながら両脇の店をチラチラと見ながら歩いた。

「えっ」

思わず声を上げて足を止めた。二、三歩もどり、ガラスがはめ込まれたドア越しに居酒屋の中を覗いた。

「どうして」

見間違いかと思って一歩前に出た。カウンターで飲んでいるのは夫の浩一だった。隣の席は空いている。

「一人飲み？」

どういうことだろう。遅くなるというのは一人で飲みたいからということだったのだろうか。急に相手の都合が悪くなったので一人で飲んでいるということかもしれない。

「言ってくれれば、何か作るのに」

小さく声に出したのは、そうであってほしいと思ったからだ。

店に入って「どうしたの一人で」と明るく声をかければ、笑いながらそんな理由が返ってくるはずだ。

そう思ったが足は動かなかった。

浩一が空のジョッキを持ち上げて奥に声をかけた。

二杯目？　それとも三杯目？

ジョッキを店員に渡した浩一が店の中を見回すように首を動かした。

こちらに顔を向けそうになったので慌ててその場を離れた。

「なんで私がコソコソしなきゃいけないの」

急に腹が立ってきたが戻って店に入る気にはなれなかった。

路地を出てそっと振り返った。さっきまで賑やかで魅力的に感じた通りが沙紀とは無縁の別の世界のように見えた。

マンションのエントランスに入ると足が重くなる。このところいつもそうだが、今日はいっそう重さを増している。

エレベータの閉鎖された空間が重くのしかかってくる。

「ただいま」

いつからか誰もいないとわかっていても玄関に入ると声を出すようになった。ここが我が家だと言い聞かせる、せめてもの自分への励ましだ。

食欲はなかった。取り敢えず冷たいものでもと思ってキッチンに入った。

冷蔵庫を開けたとたんに身体が固まった。

子供たちが家を出てからというもの冷蔵庫の中は驚くほどスカスカだ。以前は作り置きのおかずだけでなく、肉や野菜もいっぱい入っていた。

隙間の多い冷蔵庫の中を黙って見ていると、急に胸の辺りが締め付けられ涙が出そうになった。

裕子の言葉が蘇った。

（空の巣症候群……）

慌てて頭を振り、その言葉を追い払い冷蔵庫のドアを閉めた。

同時にテーブルの上に置いたスマホが震えた。

飛び付くようにスマホを手に取ると、思った通り娘の歩美からだった。

「お母さん、元気？」

「相変わらずよ。歩美こそどうなの。そっちはまだ寒いんじゃないの？　風邪なんかひいてないでしょうね」

沙紀の言葉に歩美は笑い声で応えた。

「大丈夫よ。こうみえても北の大地でしっかり働いてるんだから」

娘の声を聞いたとたんに胸の中のわだかまりが洗い流された。

歩美は今年の春、大学を卒業して北海道の農場に就職した。通勤圏内の企業に就職して、しばらくは自宅から通うと思っていたので、内定の報告を受けた時には心底驚いた。夫婦そろって反対したが、最終的には本人の意思を尊重することにした。

息子の翔大も映画制作の専門学校を卒業して、都内にあるプロダクションに入り一人暮らしを始めた。

週に一度は電話で近況報告をするように約束させて二人を送り出した。翔大はともかく、歩美は今のところ約束通りのペースで電話をかけてきている。

「お父さんと二人っきりの生活はどう？」

しばらく北海道での暮らしぶりの話をした後、歩美がまじめな口調で言った。

「それがね」

居酒屋に一人でいる浩一のことを口にしそうになり、慌てて言葉を呑み込んだ。

「お父さんは最近、忙しいみたいで、晩御飯いらないっていう日が多くてね。このところ、あんまり話をしていないかな」

知らず知らずのうちに愚痴めいた言い方になっていた。

「あなたたちの世話から解放されたから、時間はたっぷりあるんだけどね」

「お母さん、元気ないけど大丈夫？」

「大丈夫よ。それより歩美、休みとかに帰ってこられないの？」

「まだ就職して二ヶ月たってないし、遠いからね」

「そうよね……」

沙紀がつぶやくように言うと、しばらく間を置いて歩美が口を開いた。

「お母さん、まだ若いんだから。第二の新婚生活を楽しむことでも考えてよ」

歩美は冗談めかして言って電話を切った。

しばらくスマホを見つめてから廊下の奥に目をやった。

歩美と翔大の使っていた部屋は、いつ帰ってきてもいいようにベッドも机もそのままだ。定期的に掃除機もかけている。

だがそこは確かに、ひな鳥が巣立った後の「空の巣」だった。


「なんだか、今日もブルー入ってるわね」

裕子が紙コップに入ったコーヒーを手に声をかけてきた。

事務室に残っているのは沙紀と裕子だけだった。

今日も浩一から『残業、晩御飯いらない』という味もそっけもないラインが入ったので、残ってパソコンに向かっていた。

「わかる？」

正直に言った。

昨夜、浩一は十時過ぎに帰宅した。一人飲みを見かけたことは口にできなかった。

朝になり、一方的なわだかまりを抱えたまま浩一を送り出した。

「実はね」

沙紀は、昨日の帰りに浩一の一人飲みを見かけてしまったことを伝えた。

「だからどうしたの」

裕子がわけがわからないという風に言った。

「だって、わざわざ晩御飯いらないってラインして一人で飲みに行く？」

「行くでしょ」

間髪を入れずの答えだ。

「家に帰りたくないのが当たり前ってこと？」

「外で働いていたら、そんな日もあるでしょ。浩一さんは、沙紀ちゃんがこの街で仕事しているの知っているんだもの。後ろめたいことがあったら、わざわざ途中下車してこの界隈で飲まないでしょ」

裕子の言葉にも一理ある。ただ浩一は沙紀が三時までに職場を離れることも知っている。

「元気出しな。今日も浩一さん遅いんなら、これから二人で飲みに行こう」

裕子が立ち上がり沙紀の肩を叩いた。

「旦那が一人飲みしてるんなら、こっちは女の二人飲み」

昨日の会話があったので、二人きりになるのには少し躊躇いがあったが、誰もいない家に帰るよりはいいかもしれない。

「早く」

裕子が帰り支度をして声をかけてきたので、慌ててパソコンを閉じて立ち上がった。

金曜日の夜とあって、飲み屋街の路地は、浮世の煩わしさなどどこ吹く風という感じで賑わっている。

「この店か」

裕子は外から店の中を覗き込みながら言った。

飲み屋街の路地に入ると裕子に訊かれるまま浩一の姿を見かけた店の前まで来ていた。

「いかにも中年サラリーマンの一人飲みの店って感じだね」

「まさか、ここに入るんじゃないよね」

「さすがにそれはね。もうちょっとお洒落な店に行こう」

裕子が歩き出した。

「ここなんか、いいんじゃない」

ちょっと洒落た感じだが、肩ひじ張らずに飲めそうな明るい居酒屋の前で裕子が言った。

「ちょっとごめん」

ドアを押しかけたところで、裕子がバッグからスマホを取り出して耳に当てた。

暫(しばら)く話をしてから沙紀に顔を向けてきた。

「ごめん。急に打ち合わせが入っちゃった」

旬菜の特集を組んでくれる雑誌の編集者から、急いで確認したいことができたという連絡だった。

「仕事じゃしょうがないけど、がっかりだね」

悪いと知りつつ言ってしまった。

「沙紀ちゃん、せっかくだから一人飲みしてみたら」

裕子が嬉しそうに肩をぶつけてきた。

「最近は女の一人飲みだって珍しくないんだよ。私もこの辺りで時々やってるし。旦那の気持ちがわかるかもよ」

裕子は、もう一度、ごめんと言って足早に去って行った。

「結局、一人か」

沙紀は離れていく裕子の背中を見ながらつぶやいた。

さすがにこの辺りの店で一人飲みというのは沙紀には無理だ。

ため息をついて歩き出した。

ふと前を見ると、ゆったりとした足取りの夫婦らしい年配の二人連れの後ろ姿が目に入った。賑やかな飲み屋街の路地には不似合いな感じだ。

二人の背中を見ながら歩いているとすぐに距離が縮まった。男性が女性を気遣いゆっくり歩いているのがわかった。

二人で食事か、どこかで軽く一杯だろうか。

二人は洒落た居酒屋の角を右に曲がっていった。

沙紀は二人の姿を追うように横道を覗いてみた。路地の喧騒が嘘のようにひっそりとした道だ。

二人は一軒の店の前で立ち止まると、男性が引き戸を開け女性の肩に軽く手を置いてゆっくりと中に入っていった。

その姿はとても好ましく、胸が温まるような優しさを感じる光景だった。

沙紀は横道に足を踏み入れ、二人が入った店の前で立ち止まった。

落ち着いた佇まいの店だ。暖簾には『灯火亭』の文字。

あの二人連れが入る店ならきっといい店なのだろう。

裕子の一人飲みでも、という言葉が頭に浮かんだ。

「入ってみようかな」

口にすると、急にこの店が魅力的に思えてきた。

大きく息を吐いてから、ゆっくりと引き戸を開けた。

「いらっしゃいませ」

若い女性の声に迎えられた。左手にカウンター、右手に小上がりのある典型的な居酒屋の造りだ。

カウンターの手前の方には、先ほどの二人が並んで座っている。品のいい年配のご夫婦のようだ。カウンターの一番奥にはジーンズにトレーナー姿の男性が一人。小上がりにはサラリーマン風の三人連れがジョッキを片手に楽しそうに飲んでいる。

落ち着いた雰囲気にほっとした。

カウンターに腰を下ろして生ビールを注文した。

「いらっしゃいませ」

カウンターの中から声をかけられ顔を上げた。

（変な店に入っちゃったかな）

沙紀の胸に不安が広がった。

黒い作務衣を着た店主は化粧をしているが声の感じから男性のようだ。

黙って小さく頭を下げた。一人であることが急に不安になり知らず知らずのうちに肩に力が入った。

「お待ちどおさま」

生ビールとお通しの皿が目の前に置かれた。

四十七歳にして初の一人飲みだが、早々に引き揚げた方がいいのかもしれない。

周りを気にしながらジョッキに手を伸ばした。冷えたビールが喉を通る。久々に感じる爽やかさだが、今一つ落ち着かない。

目の前に置かれたお通しが目に入り、おやっと思った。

落ち着いた和風の花柄の皿に丁寧な盛り付けがされている。

箸を伸ばした。

（美味しい）

これからの季節にピッタリの爽やかな料理、オクラの梅肉和えだ。

さっぱりしているが、しっかり深みがあるのは梅肉にひと手間かけているからだろう。梅肉を箸の先に取って口にした。梅肉を叩いただけではなく味醂で延ばし、まろやかな口当たりにしている。そして全体に白ごまをたっぷり混ぜてあるのが嬉しい。

お通しにもちゃんと手間をかけている。この一品を食べただけで、知らず知らずのうちに肩の力が抜けたように感じた。

改めてカウンターの中の店主に目をやった。

歳は四十歳前後だろうか。ショートカットに薄い化粧。整った目鼻立ちを引き立てる、いやらしさのない自然な化粧だ。切れ長の目に引き締まった口元は少しきつい感じを受けるが、横顔に浮かんだ笑顔には落ち着いた優しさを感じる。

カウンターに座っている年配のご夫婦は常連らしく、店主をユウさん、女性の従業員を亜海ちゃんと呼んでいる。

「何か召し上がりますか」

亜海ちゃんが声をかけてきた。

押しつけがましくなく、明るく感じのいい接客だ。

壁に貼ってあるメニューに目をやって面白そうな料理を見つけた。

「トマトの出汁巻きをいただけますか」

想像はつくがどんな味に仕上げているのだろう。ちょっと楽しくなってきた。

ジョッキが半分ほどになった時に引き戸が開く音がした。

入ってきたのは髪を短く刈った職人風の中年の男性だ。沙紀と椅子を一つ空けて年配の夫婦の隣に座った。

「亜海ちゃん、生ビール。大至急ね」

常連さんの一人飲みのようだ。

「はい大将、今日も一日お疲れさまでした」

亜海ちゃんが生ビールを男性客の前に置いた。

「おっ、今日のお通しは、豪華だね」

大将と呼ばれた男性客が亜海ちゃんの持っている皿を見て声を上げた。

「残念でした。これは、こちらのお客さまのご注文です」

亜海ちゃんは沙紀に身体を向け、お待たせしました、と言って皿を置いた。

「これは失礼しました」

大将が沙紀に向かって頭を下げた。

「大将にもお作りしましょうか」

カウンターの中からユウさんが笑顔で声をかけた。

「うちの若い奴らがさ。俺がこれを食べてるとイメージが違うなんて言って笑うんだよ。でもこれ癖になるんだよな。見ちゃったら食べたくなるよな」

「ユウさん、大将にトマトの出汁巻きお願いします」

亜海ちゃんがカウンターの中に向かって声を上げた。

「大将の最初の一品は」

カウンターの端に座った年配の男性が声をかけた。

「必ず誰かが食べてる料理だね」

「社長、それじゃあ俺がいやしいみたいじゃない」

大将がジョッキを持ち上げながら言うと、社長の隣の女性が小さな声で笑った。

「しょうがないわよね。ユウさんの料理は見ただけで食べたくなりますからね」

「さすが奥さん、いいこと言ってくれるね」

大将は大きく頷いてからジョッキのビールを喉に流し込み、生き返るなあ、と声を上げた。

「ごめんなさい。召し上がりにくくなってしまいましたね」

ユウさんが沙紀に声をかけてきた。

「いえ、そんなことは……」

たしかに今箸を伸ばしたら、店中の視線が集まりそうで躊躇ってしまう。

「温かいうちに召し上がってくださいね」

ユウさんの言葉に背中を押されて改めて皿を見た。

見るからにほくほくした卵焼きの中に細かく切ったトマトの鮮やかな赤と青ネギらしき緑が顔を出している。躊躇いは姿を消し、早く食べてみたいという気持ちに急かされ箸を伸ばした。

ひと口食べると、すぐに出汁の味と香りが口の中に広がった。ふんわりと柔らかな食感が出汁を生かしている。この絶妙な食感を出すのが難しいことは沙紀もよく知っている。そしてトマトの酸味が料理の味を優しく引き締めている。この料理だと大葉を入れたくなるが、青ネギの方が出汁の香りを生かすことができて上品な味わいになる。

「美味しい」

皿を見ながら言葉がもれた。

はっとして顔を上げると、隣の大将、その向こうの社長ご夫妻が嬉しそうな顔を沙紀に向けている。

「お気に召していただけたようで」

カウンターの中からユウさんが声をかけてきた。吸い込まれそうな優しい笑顔だ。

肩に力を入れていた自分が恥ずかしくなった。

「オクラの梅ごま和えも、この卵焼きも美味しいです」

「ありがとうございます」

ユウさんが微笑みながら小さく頭を下げてから、お近くですか、と訊いてきた。

「職場が近いんですけど、この辺りのお店に入るのは初めてです」

「初めてで、この店を選ぶってのは、見る目がありますね」

大将がジョッキを持ったまま自然に話しかけてきた。

「そちらのお二人のおかげです」

さっきまでなら、警戒して曖昧な返事を返しただろうが、ユウさんと店の雰囲気にすっかり馴染んでしまった。

社長ご夫妻が、不思議そうな顔を沙紀に向けてきたので、この店に入ったきっかけを説明した。

「それわかります」

亜海ちゃんが嬉しそうに声を上げた。

大将も黙ったまま何度も頷いている。

「それなら私たちが、少し灯火亭に貢献したということかな」

社長が奥さまと顔を合わせて微笑んだ。

なんだろう、このくつろいだ雰囲気は。沙紀は今まで感じたことのない心地良さを感じていた。

これが一人飲みの良さということなのだろうか。でも浩一や路地の店で見かけた男性たちは、まるで周りに結界を結んだように一人の世界で飲んでいた。

浩一は今もどこかでそんな風に飲んでいるのだろうか。

そんなことを考えたとたん胸の中に冷たい風が吹き込み、家の玄関を開けた時の暗い空間が目の前に浮かんだ。

今までだって沙紀が帰宅した時は誰もいないのが普通だった。だがそこからは慌ただしいほどにやるべきことがあった。子供と夫の食事の用意、洗濯物の取り込みに部屋の掃除。それこそ帰宅して一度も腰を下ろすことなく次々に家事をこなしていた。

料理を作る時は鍋から上がる湯気の向こうに子供たちの笑顔が見えた。家族がいることが当たり前で、それが幸せだとは思わなかった。巣立って行って初めてわかった。

歩美は今ごろ何をしているのだろう。電話では明るく話をしているけど、本当は慣れない土地で苦労しているのではないだろうか。

翔大はちゃんとご飯を食べているだろうか。小さい頃から気の弱い甘えん坊だったから、先輩に怒られてしょげているのではないだろうか。

だめだ。また気持ちが沈んでくる。でも止められない。胸の中に吹く風が強くなってくる。

「どうかなさいましたか」

声をかけられ顔を上げた。

ユウさんが心配そうな顔を向けてきていた。

「ごめんなさい。ちょっと考え事をしちゃって」

慌てて目を逸らせてジョッキに手を伸ばしたが、口に運ぶ気にはなれなかった。

せっかく店の雰囲気で気持ちが和んだのに。またこんな気分になってしまった。よほど変な女だと思われていることだろう。

「ごちそうさまでした」

急に居心地が悪くなりユウさんに声をかけた。

「あら、もうお帰りですか」

ユウさんの言葉に曖昧に頷き目を逸らした。

「もしお時間がおありなら、召し上がっていただきたいものがあるのですけど」

顔を上げるとユウさんが落ち着いた笑みを向けて来ている。

沙紀は、この場を離れがたい気持ちになり黙って頷き、上げかけた腰を戻した。

「失礼します」

しばらく待っていると、亜海ちゃんが沙紀の前に味噌汁のお椀を置いた。

いい香りが漂っている。

顔を上げてユウさんを見た。

「初めて来ていただいたお客さまへの、ほんの気持ちです」

ユウさんの言葉に頷き遠慮なくいただくことにした。

ひと口含むと味噌と出汁の香りが口の中に優しく広がった。

具は茄子とじゅんさいだ。

今が走りのじゅんさいのプリプリした歯応えとつるっとした食感に頬が緩む。赤味噌仕立てにも合っている。さっぱりとした初夏の味だ。

沙紀はたったひと口の味噌汁で気持ちがやわらかくなるのを感じながら茄子を口にした。

美味しい。

茄子の食感は残したまま味はしっかり滲みている。どんな手を加えているのだろう。

しばらく考えてからユウさんを見た。

「このお茄子、焼いてからお出汁に浸けているんじゃないですか」

「あら嬉しい。わかっていただけましたか」

ユウさんが無邪気な笑顔を見せた。

「さっきの料理もこのお味噌汁も、本当に手間をかけてますね。だから美味しい」

「お味噌汁で温まった身体にはお酒も美味しいですよ。いかがですか、もう一杯」

温まったのは身体だけじゃない。沙紀はこの心地良い空間にもう少し身を置いていたいと思った。

「じゃあ、もう一杯いただきます。時間はあるし待っている人もいないので」

思わず口にして後悔した。また自分を落ち込ませるようなことを言ってしまった。

「ごめんなさい。夫は残業で遅くなるって連絡があったし、娘と息子はこの春、就職して家を離れているんです。だからこうして一人で」

できるだけ笑顔を見せて言ったつもりだった。

「それはいいね。うちにも娘がいるけど、早いとこ嫁に行ってくれないかって、いつも思ってるよ」

いつの間にか日本酒に変えていた大将が、手酌でお酒を注ぎながら言った。

「大将、母親っていうのは、そんなものではないのよ」

社長の奥さまがたしなめるように言った。

「昨日までは面倒だと思っていた子供の世話も、いざしなくていい、となると寂しいものなのよ」

奥さまは沙紀に顔を向け、そうでしょ、と優しく声をかけてくれた。

沙紀は黙って頷いた。自分がどんな顔をしているのかわからなかった。

「うちの母親なんか、いまだに私を子供扱いです。この前なんか仕事にかこつけて、わざわざ奄美から出てきたんですよ」

亜海ちゃんが生ビールを沙紀の前に置きながら言った。

「もうずいぶん昔のことですけど」

社長の奥さまが前を見たまま言った。

「二人目の息子が就職して家を出た後、なんだか全部どうでもいいような気になって、この人の世話をするのも面倒になってしまって」

奥さまはちらりと社長を見て小さく笑った。

「そんなことがあったね。だから私も仕事の付き合いだとか言って外で飲むことが多くなってしまった。仲間を誘うというより一人で飲んでることが多かったかな」

「あら、そうだったんですか」

奥さまが背中を少し伸ばして社長に顔を向けた。

「あなた、いつもお仕事だって言ってましたよ。私は一人で寂しかったのに」

「いや、一人のこともあったかな、というくらいのことで……」

「大昔のことですから、時効と言うことにしてあげましょう」

奥さまが言うと、大将が笑い声を上げた。

「社長、女性は執念深いからね。こっちが忘れているから相手も忘れていると思ったら大間違いだよ」

「それはちょっと聞き捨てなりませんね」

亜海ちゃんが大将を咎めるように声をかけてきた。

「今日は、分が悪いね」

大将が社長を見て言った。

温かい空気が店の中に広がり、それぞれがグラスやぐい飲みに手を伸ばした。

沙紀もジョッキのビールを口にした。

「私にはよくわからないですけど、子供が巣立った後って……」

亜海ちゃんが社長夫妻の前に料理の皿を置きながら、何かを考えるような顔で話を戻した。

「オリンピックで金メダルを取った選手が、急に気力がなくなってしまう『燃え尽き症候群』と同じだって聞いたことがあります。母親の場合はなんて言ったかな」

亜海ちゃんが顔を上に向けて思い出そうとしている。

「空の巣症候群」

沙紀は誰とも目を合わさないまま言った。

みんなの視線が集まるのを感じて顔を上げた。

ユウさんと目が合った。

「空の巣、ですか」

沙紀は頷いて、ユウさんから視線を逸らすと、裕子が教えてくれたことをそのまま説明した。

自分で口にすると寂しさが増してくる。

誰も何も言わない。また店の雰囲気を壊してしまったのか。そう思ったが次の言葉は出てこなかった。

最初に口を開いたのは社長の奥さまだった。

「二十年以上、毎日、毎日ですからね。オリンピックの金メダル以上ですよ」

奥さまの言葉がゆっくり胸に沁みてくる。

「私にも経験がありますよ。私の場合は、セミの抜け殻（がら）でした。このお店を始めるずっと前のことですけれど」

ユウさんが昔を思い出すように静かに言った。

どういうことだろう。沙紀は黙ってユウさんを見た。

「形はあるけど中身は空っぽ。それでもしっかり爪を立てて木にしがみついている。そんな自分が情けない。しかも風が吹いたら飛ばされて、そのまま粉々になってしまう」

ユウさんの言葉を聞いて沙紀は胸の奥が震えた。このままだと自分も風に飛ばされて粉々に……。

「でも見ているところが違ったんです」

ユウさんが沙紀の目を見たまま続けた。

「私の元を巣立って行った若者が立派に活躍していると聞いて気が付きました。抜け殻は私じゃない。彼らが飛び立った証拠だって。自分を見失ってしまうと、そんな当たり前のことがわからなくなってしまうんですね」

ユウさんは微笑みを浮かべたが、その目には今までとは違う強さが宿っていた。迫力と言ってもいいのかもしれない。

どんな人生を送ってきた人なのだろう。沙紀は気圧されるような気になり思わず背筋を伸ばしていた。

「きっと、いつかお嬢さんや息子さんから素敵なプレゼントが届きますよ」

ユウさんの目がやわらかくなった。

沙紀の心も少しやわらかくなった。


「この前はごめんね」

週が明けて旬菜に行くと、玄関でばったり会った裕子がすまなそうな顔で近づいてきた。

沙紀は担当する教室がないので今日は午後からの出勤だった。

「あれからどうしたの」

裕子が顔を寄せて小声で言った。

「おかげさまで一人飲みデビューを果たしちゃった」

沙紀が答えると、裕子は一瞬、信じられないという顔をしてから、やったね、と言って沙紀の肩を叩いた。

玄関の外から裕子を呼ぶ声が聞こえた。

「後でゆっくり聞かせてね」

裕子はそれだけ言うと足早に玄関を出ていった。

事務室に入り自分の席でパソコンを立ち上げた。

この週末は夫の浩一と二人で過ごした。一緒に買い物に行き、夕食の時はビールで乾杯した。

子供たちの思い出話で笑った。夫婦二人の穏やかな時間だった。

ユウさんや灯火亭の常連さんたちの話で沙紀自身の問題が解決したわけではない。でもあと一つきっかけがあれば。そう思えるようになった。

今やらなければいけないのは、この教室での仕事だ。素直に自分に言い聞かせ、改めてパソコンに向かった。

この教室ならではの思いが伝わる料理、生徒に喜んでもらえる料理はないだろうか。

今まで通りのメニューでも、初めて包丁を握る男性たちには十分喜んでもらえる。でもそれでは自分がここで働いている意味が見いだせない。

時計を見るといつの間にか午後五時を回っていた。

沙紀はバッグからスマホを取り出した。しばらく画面を眺め、自分を鼓舞するように大きく頷いてから夫の浩一にラインを送った。

『ごめんなさい。職場の人と食事。晩御飯はどこかで食べてください』

夫にこんな嘘をついたのは初めてかもしれない。微かな後ろめたさを感じたが、救いを求める気持ちがそれを追い払った。


「いらっしゃいませ」

亜海ちゃんの元気な声で迎えられた。

カウンターの中からユウさんが微笑みを向けてきた。

客は、カウンターの手前から社長さんと大将。その隣には大将と同じ年頃のひょろりと背の高い男性が座っている。

社長と大将が、いらっしゃい、と声をかけてくれた。

沙紀は三人と席を一つ空けてカウンターに座った。

亜海ちゃんに生ビールを頼んだ。

「いらっしゃいませ」

ユウさんがカウンター越しに声をかけてきた。

落ち着いた優しい笑みに心が安らぐ。

生ビールとお通しが置かれた。

まずはビールをひと口飲んで、お通しの皿に目をやる。

叩き牛蒡だ。擂りごまをたっぷりまぶしてある。

さっそく箸を伸ばした。

心地良い歯応えと一緒に独特の香りが口の中に広がった。

粉山椒だ。

ジョッキに手を伸ばした。山椒の香りと一緒に喉を通るビールがいっそう美味しく感じられた。

顔を上げてユウさんを見た。

「お気に召していただけましたか」

「もちろんです」

ほんのひと言のやりとりで店の空気に馴染んでしまった。

「今日もお仕事の帰りですか」

ユウさんの問いかけに頷き、旬菜で講師をしていることを告げた。

「あそこ、評判良いですね」

亜海ちゃんが言った。

「ご専門はなんですか」

「長年の主婦経験を生かして、定年後の男性に家庭料理の指導をしています」

「最近、そういうの人気らしいね」

大将が会話に加わってきた。

「どんなメニューを教えるんですか。ええと……」

「竹下といいます」

沙紀は素直に名を告げて続けた。

「肉じゃが、酢の物といった和食が中心で、あとはオムライスや麻婆豆腐（マーボーどうふ）、親子丼なんかも作ります」

「やっぱりそういうメニューなんだね」

大将の何気ない言葉に胸がうずいた。

シニアの料理教室は、どこも人気で、特徴を出さないと生き残れない。売り物になるレシピを考えるよう裕子が言ってくるのもそのためだ。

「もう少し特徴が出せるメニューができればいいんですけど」

独り言のように言ってしまった。

「お味噌汁なんてどうかしら」

ユウさんが言った。

沙紀は茄子とじゅんさいの味噌汁を思い出した。

「季節の野菜をたっぷり使ったお味噌汁ですか」

「春は若竹のお味噌汁、秋はシメジやなめ茸といった秋の味覚をたっぷり入れたきのこのお味噌汁。冬は何と言っても、かぶのお味噌汁。他にもいろいろな種類ができますよね」

和食の主菜とは別に主菜に負けない季節の具だくさん味噌汁を付ける。いいかもしれない。

「季節が合えば鍋も面白いんじゃないかしら」

ユウさんが少し考えるようにしてから言った。

なるほど、どちらも男性が好きなメニューだ。

「次のコースは秋に始まるので季節的にはちょうどいいです」

「俺は鍋に一票」

大将が声を上げた。

「この冬も灯火亭の小鍋を随分楽しませてもらったけどさ。量を多くすれば家族で食べる鍋になるわけだろ」

「鍋って料理教室のレシピとしてどうかね」

隣の背の高い男性客が首を捻った。

「杉パンさん、鍋を甘く見てはいけません」

亜海ちゃんが胸を張った。

「灯火亭の小鍋は種類が豊富ですよ。この冬に出した鍋だけで何種類あったかな」

亜海ちゃんが指を折って数え始めた。

「ちょっと季節はずれですけど作りましょうか」

ユウさんの言葉に、沙紀はすかさずお願いしますと答えた。

ビールをゆっくり飲みながら待った。

聞くともなしに隣の会話が耳に入ってくる。三人は別々に来てここで一緒になったようだ。

三人の会話が途切れた時に、思わず声をかけてしまった。

「先日も社長さんがおっしゃっていましたけど、男の人で黙って一人で飲んでいる人、けっこう多いですよね。みんな家に帰りたくないんですか」

三人がそろって難しい顔をした。

「まあ男の側の理屈ですけどね」

しばらく間を置いて社長が口を開いた。

「一人で飲んでる男は、心の中にあるわだかまりを引きずったまま家に帰らないようにしているのじゃないかな。一人で飲みながら、自分の気持ちを確認する。一人飲みにはそういう効果は間違いなくありますよ。奥さんに余計な心配をかけたくない、ということもあるんじゃないかな」

大将と杉パンさんが黙って頷いた。

「それが問題なんですよね」

亜海ちゃんが会話に入ってきた。

「男女の脳の働きを研究している専門家によると、男性は何か問題を抱えた時に、奥さんや恋人には話さず自分で解決してから、実はこんなことがあったって笑って報告する傾向が強いんですって。好きな人に心配をかけない。これが男性の愛情表現なんだそうです。ところが女性にしてみたら、なんでその時に話してくれなかったのってなりますよね。女性は問題や感情を共有することが愛情だと感じるからだそうです。これが男女の感情の擦れ違いの中で一番多い原因なんだそうです」

「なんだか難しい話になってきたな」

大将が亜海ちゃんを見て言った。

難しくなんかなかった。沙紀には亜海ちゃんが言ったことがよくわかった。

「自分が必要とされていると感じられるかということですよね」

「そうそう、その通りです」

亜海ちゃんが我が意を得たりという顔を向けてきた。

社長の話もわからないではなかった。男性は家庭に仕事や社会生活でのトラブルを持ち込みたくないという思いが強いということなのだろう。

男性側の一方的な言い訳に聞こえないこともないが、この歳まで夫婦生活を続けていれば納得できないことではない。実際のところ沙紀も救いを求めて、こうして一人で飲みに来ているのだから。

「亜海ちゃん」

カウンターの中からユウさんが声をかけた。鍋ができたようだ。

「この店にも一人で来て黙って飲んで帰るサラリーマンの方はいますよ」

鍋を作りながら話を聞いていたのだろう。ユウさんが言った。

「難しい顔をして飲んでいても、帰るときに、少し肩の荷物を降ろしてくれたなって感じることはあります。そんな時は嬉しくなりますね。お酒とお料理にはそんな力があるし」

ユウさんはいったん言葉を切って、悪戯っぽい笑顔を浮かべた。

「ご主人を信じられるなら、たまの一人飲みは不問に付していただけないかしら」

ユウさんの笑顔につられて沙紀も笑ってしまった。

「お待たせしました。灯火亭特製、豚肉のレモン鍋です」

亜海ちゃんが沙紀の前に小鍋を置いて、蓋を取ってくれた。

出汁の香りと爽やかなレモンの香りが鼻をくすぐった。

白菜と椎茸、豚肉。そしてスライスしたレモンがたっぷり載せてある。

沙紀は、いただきます、と言ってまずレンゲでスープを口にした。

昆布出汁だろう。あっさりした醤油味とレモンの酸味が心地いい。

野菜と肉を一緒に口に入れた。粗挽きの黒胡椒がたっぷりかけてあるので、爽やかなだけでなく引き締まった味になっている。

これならご飯のおかずにも酒の肴にもぴったりだ。

「美味しいです」

「教室に通う男の方が、家族のために作ってあげたくなる料理もいいんじゃないですか。鍋を奥様と二人で楽しむのもいいし、ちょっと変わった鍋なら喜んでもらえるでしょ。竹下さんの知識を生かせば種類は無尽蔵に出てくるのじゃないかしら」

家族が喜んでくれる料理。沙紀自身も二十年以上、そういう思いで料理を作ってきた。でも教室ではそんなことは考えもしなかった。

「食べた人の笑顔があってこそのお料理ですものね」

ユウさんの言葉と微笑みが胸に沁み込んできた。

大切なのは料理の向こうの笑顔だ。それを教室の男性たちに知ってもらうというのは素敵なことかもしれない。

「小鍋立てなら、奥さんがいない時に一人で一杯やるのに最高だしね」

大将が頷きながらぐい飲みを干した。

料理教室のレシピとしてどういう内容にするかは、もう一度じっくり考えなければいけないが方向は見えた。

これから毎週一回は特製鍋を作って浩一と二人で食べて意見を聞こう。急に楽しくなってきた。

「ありがとうございました。展望が開けてきました」

みんなに頭を下げた。

「そんなおおげさなことじゃないよ。酒飲みが好きなこと言っただけだから」

大将が笑いながら亜海ちゃんに日本酒のおかわりを頼んだ。

カウンターの中のユウさんと目が合った。

「お役に立てたのなら、私も嬉しいわ」

ユウさんは自分のことのように素直な笑顔で言ってくれた。

食べた人の笑顔があってこその料理。

ユウさんの言葉を胸の中で繰り返した。それを忘れなければ、まだまだ自分の役割はある。そう確信できた。

今日はもう少し飲ませてもらおう。沙紀はビールのおかわりを頼んだ。亜海ちゃんの元気な返事が返ってきた。

「ただいま」

玄関を入って声をかけた。

リビングの明りがついている。

「遅くなってごめんなさい」

ソファーの浩一に声をかけた。

「大丈夫。晩飯がわりに一杯やってきたから」

浩一が身体を起こして言った。

「一人で？」

「君の会社の近くに飲み屋街があるだろ。あそこはけっこういい店が多いんだ。だから途中下車して一軒寄ってきた」

だったらすぐ近くで夫婦が別々に一人飲みをしていたということだ。ちょっと後ろめたさが顔を出した。

「それより、これ見てみろよ」

浩一が重そうな段ボール箱をテーブルの上に置いた。

覗き込むと、箱一杯にジャガイモが入っていた。土がついたままの立派なジャガイモだ。

「歩美からだ」

浩一が嬉しそうに言って手紙を差し出してきた。

懐かしい歩美の字だ。

今は夏から秋にかけて収穫するジャガイモの植え付けが一段落したところだそうだ。

今回のジャガイモは去年収穫して貯蔵してあったものだが、次は自分が植え付けも収穫も携わったジャガイモを送ることができるので楽しみにしてほしいと書いてあった。

北海道から送られてきたジャガイモを見て、初めて歩美の仕事を実感することができた。

「俺達もまだまだ頑張らなきゃな」

手に持ったジャガイモを見ながら浩一がつぶやいた。

同じことを感じていたようだ。

「そのうち翔大の撮った映画も観られるかもしれないしな」

「そっちは何年先になるのかしら」

「だから子供に負けないように元気で頑張らないとってことさ。沙紀と一緒に観に行かなきゃ意味がないだろ」

思わぬ言葉に顔を上げると、浩一は自分で言ったことに照れたようにジャガイモの箱に目を戻した。

沙紀は心の中に小さな火が灯るのを感じた。

子供が巣立った後の新しい夫婦の形はこれから時間をかけて作っていけばいい。一緒にいることに意味がある。そんな夫婦でいられたらいい。

「これ歩美に似てないか」

浩一が顔を上げて嬉しそうな声で言った。手にはちょっと面長なジャガイモが握られている。

「歩美に怒られるわよ」

笑いながら答えたが、胸の奥が熱くなってきた。

土にまみれたごつごつしたジャガイモは、都会を離れて北の大地で逞しく働く歩美の姿そのものだ。

子供はしっかり大地に根を下ろして自分の道を歩いている。

ジャガイモに頬ずりしたくなった。

「ねえ、今からジャガイモ茹でるから、一緒に食べよう」

「いいね。その言葉を待ってたんだ。ビール冷えてるよな」

浩一が笑った。

沙紀はジャガイモを抱えてキッチンに入った。

廊下の奥の歩美と翔大の部屋には目を向けなかった。

空の巣を見ていても意味はない。子供たちが巣立って行った先、そして自分の足元を見なければ。

いつか素敵なプレゼントが届く。ユウさんの言葉は本当だった。それもこんなに早く。

ユウさん、灯火亭の常連の皆さん、ありがとう。沙紀は心の中でつぶやいた。

鍋の中のジャガイモがリズムを刻むように揺れ出した。

湯気の向こうに歩美と翔大の笑顔が見えた。

再出発の味

事務所に詰めかけた支持者から落胆の声が上がった。

正面に据えられた大型テレビには、同じ選挙区の新人候補が万歳をする姿が映し出されている。

「まだ比例があるぞ」

後援会の幹部の一人が声を上げた。

相手候補に当確が出たと言っても大きな差ではない。他の選挙区の結果次第で十分に比例復活は考えられる。

大八木大輔(おおやぎだいすけ)は事務所の奥の控室から小窓に顔を寄せ、カーテンの隙間から支持者の集まった部屋を覗いた。

三十人ほどいる支持者は、誰も席を立とうとしない。

振り返って控室の奥に目をやった。

候補者の石橋健太郎(いしばしけんたろう)は目を瞑(つぶ)ったまま椅子に座っている。隣にいる健太郎の妻の翔(しょう)

子は胸の前で両手を合わせて下を向いている。

今はどんな声をかけても意味はない。大輔は苛立つ気持ちを抑え、黙って椅子に腰を下ろした。

一時間ほどたち、比例の当選者が確定した。

石橋健太郎は三回目の選挙で議席を失った。

控室の中の温度が一気に下がったように感じた。

「石橋先生、残念です」

口を開いたのは政策秘書の青木(あおき)だった。六年前、健太郎が初当選した時に、師事する代議士からの紹介で政策秘書になった、この道三十年のベテランだ。落選の報にもポーカーフェイスは変わらない。

健太郎は黙ったまま下を向いている。

「健太郎、いくか」

凍り付いた空気を振り払うように大輔は健太郎に声をかけた。

健太郎はゆっくり顔を上げると疲れ切った笑顔を向けてきた。

翔子が健太郎の肩に手を置き小さく声をかけた。

健太郎は背筋を伸ばし、自分に言い聞かせるように、おう、と力強く頷き控室を出て行った。少し離れて翔子が後に続いた。

大輔は黙って二人を見送った。

健太郎とは中学生の時から三十年以上の付き合いになる。六年前、健太郎が初めて衆議院選挙に立候補した時、同級生で作る後援会組織のまとめ役を買って出た。

そして当選後、健太郎に乞われて地元秘書になった。

四十歳で会社を辞めるのは簡単な決断ではなかった。少しずつ景気が回復期に入ったと言われた頃だった。四十歳になり責任ある仕事を任され、充実したサラリーマン生活だった。

健太郎は教育改革を政策の柱にすると言った。教育制度を根本から作り直すことでこの国の将来を作っていく。理想を語る健太郎の姿は輝いていた。

久しぶりに胸が高鳴った。新しい夢に挑戦するなら年齢的に最後のチャンスだと思った。妻の千恵（ちえ）とは何度も話し合い、最後は背中を押してくれた。大輔と千恵にとって教育は切実な問題でもあった。

部屋の奥から微かな話し声が聞こえた。目を向けると青木がスマホで誰かと話をしている。党の選対本部に報告をしているのだろう。

落選しても地元秘書として、やらなければいけないことは山ほどある。おそらくそれは、当選した時よりも面倒な仕事なのだろう。

後援会への挨拶回りの段取り、事務所の片付け、選挙費用の清算、それに……。

そこまで考えて、大きなため息をついた。

議員は落選すればただの人。そして秘書も一蓮托生だ。夢と共に収入も消えることになった。

共働きの妻と高校二年生と中学三年生の息子を抱え、マンションのローンもたっぷり残っている。

「まいった……」

大輔は椅子に腰を下ろし頭を抱えた。

しばらくすると事務所から大きな拍手に続いて後援会長の須田隆造の声が聞こえてきた。

「石橋健太郎は、これからの男です」

大輔は立ち上がり小窓から事務所を覗いた。

ひな壇に立っている健太郎夫婦と須田会長の背中が見える。その向こうにいる支持者の顔は不思議なほど明るい。

「エイ、エイ、オー」

突然、須田の掛け声に合わせて全員が拳を突き上げた。

大輔は口を開けたまま小窓の向こうの様子を見ていた。

今夜、日本中に何人の落選候補がいるのか知らないが、鬨の声を上げているのはここだけではないだろうか。

だが、これが石橋健太郎なのだ。苦境に立っても決して弱音をはかない。そして不思議なほど周りの人間をその気にさせてしまう。

「とは言え今度ばかりは……」

大輔がつぶやくのと同時に三回目の鬨の声が聞こえた。

後援者が去った事務所は嘘のように静かだった。残っているのは大輔だけだ。健太郎夫婦は後援会長の車で先ほど事務所を出た。

「大輔」

遠慮がちな声で呼ばれ振り向いた。

相撲取りを思わせる巨体が事務所に入ってきた。中野純也(なかのじゅんや)だ。

最初の選挙のときから、中学の同級生で作る後援組織の代表をしてくれている。地元の酒屋の三代目だ。

「お疲れさん。残念だったな」

「申し訳ない。俺の力不足だ」

大輔は深々と頭を下げた。

「俺達も三回目ってことで油断があったのかな」

純也が頭を掻いた。

「久しぶり」

純也の大きな身体の後ろにいた長身の女性が顔を向けてきた。

微かに見覚えがあるが名前が出てこない。

「わからないのも無理ないかな」

純也が笑いながら言った。

「これ」

女性が、悪戯っ子のような笑顔で手を差し出してきた。持っているのは野球のボールだ。

その瞬間、大輔の頭に中学時代のシーンがありありと蘇った。

「結城里美、里美ちゃんか」

大輔が声を上げると、里美が嬉しそうに頷いた。

ジーンズに真っ白なTシャツが似合っている。栗色に染めた髪も自然な雰囲気で、とても同い年とは思えなかった。

「一週間ほど前にアメリカから一時帰国したの。そしたら健太郎君の選挙だっていうからびっくりしちゃった。向こうで結婚して選挙権ないけど純也君と一緒にけっこう走り回ったのよ」

「すまなかった」

改めて頭を下げた。

「やめてよ。私にとって健太郎君と大輔君は人生の恩人。中学の時にしてくれたことは忘れたことないわよ」

里美が片目を瞑って笑顔を見せた。

大輔にとっても忘れられない出来事だった。

里美は小学校の頃からスポーツ万能で、男子に混ざって草野球を楽しんでいた。

中学校では陸上部に入ったが、二ヶ月ほどして野球部への入部を希望した。

同じ校庭で練習をしている野球部を見て、大好きな野球への想いを我慢することができなくなったのだ。

今でこそ女子のプロ野球リーグがある時代だが、当時は女子が野球をやるという文化はなかった。担任の教師も野球部の顧問も、里美の希望を聞き流した。

落ち込んでいる里美を見て健太郎が立ち上がった。

職員室に乗り込み、担任と顧問に食ってかかった。野球部に女子が入れないというルールはどこにあるのか。せっかく中学生になったのにやりたいことができないのはなぜだ。周囲が驚くほどの剣幕(けんまく)でまくしたてた。

教師の言い分にも一理あった。女子が男子のバスケットボール部に入れないのと同じことだ。女子は女子の部活に入るしかない。男子と女子が一緒に活動するのは体力的に見ても無理があり危険だ。

それでも健太郎は引き下がらなかった。

里美は身長が高く、当時も百六十センチ近くはあったはずだ。五十メートル走も八秒台の前半で男子に引けを取らなかった。

それよりも大輔を突き動かしていたのは、やりたいことができないことへの憤りだった。当時の健太郎は、もう小学生じゃないんだ、が口癖だった。

一年生の教室を回り同級生に呼びかけた。大輔は健太郎に引っ張られるようにして一緒に動き回った。

はじめはみんな健太郎が何に熱くなっているのかわからないという様子だった。健太郎が繰り返し呼びかけるうちに、徐々に賛同者が増えていった。やがて大輔も驚くほどの盛り上がりを見せ始めた。学年が一つにまとまって大きな波になったという感じだった。

教師も黙って見ているわけにはいかない雰囲気になってきた。

ところが、この騒動は思わぬ結末になった。里美の父親がアメリカに転勤することになり、里美は学校を去ることになったのだ。

盛り上がっていた一年生は気が抜けたようになった。だが、そこからが健太郎の本領発揮だった。

学校にかけあって、日曜日にグラウンドの使用許可を取った。

そして一年生の野球部員も交えて里美の壮行試合を行ったのだ。バスケット部だった健太郎と大輔も試合に出た。

里美はセカンドの守備をはつらつとこなしたが、バッティングは思うようにいかなかった。

三打席凡退で迎えた第四打席。

ピッチャーは野球部員で、最初の打席から一切手加減をせず里美の前に立ちはだかった。

同級生の声援を受け、里美は最後のバッターボックスに立った。

初球のストレート。里美は思い切り振り抜いた。打球は三遊間（さんゆうかん）を抜けるかという当りだった。サードがギリギリで捕球し、体勢を崩しながらファーストへ送球した。

里美は得意の足を生かして全力疾走。きわどいタイミングだった。

里美がベースを駆け抜けるのと同時に塁審の野球部員が大きく両手を広げてセーフのコールをした。

同級生たちから歓声が上がった。

里美は両手を高々と上げ、何度も飛び上がった。

「ナイスバッティング。向こうでも負けるなよ」

ファーストを守っていた健太郎は里美に声をかけ、初ヒットのボールを手渡した。

グラウンドに集まった同級生たちから拍手が沸き起こった。

とたんに里美の笑顔が崩れた。こらえきれなくなったのか、両手で顔を覆ってその場にうずくまった。

一週間後、里美は日本を離れアメリカに渡った。

「あの時のことがあったから、向こうでもくじけなかった」

里美が手にしたボールを見ながら言った。

「あの壮行試合は今でも俺たちの語り草だ。あの一件で俺たちは少し大人になったような気になったもんさ。お前と健太郎のおかげだよ」

純也が懐かしそうに言った。

「同級生で慰労会をやろうって話になってるから二人で来てくれ」

「ありがとう。しばらくは後始末に追われそうだ」

「わかってる。でもお前と健太郎は、俺たちの希望だからな」

純也と里美は笑顔で事務所を出て行った。

一人になった大輔は、壁に貼ってある健太郎のポスターに目をやった。

「お前は昔からそういう男だった。今も変わっていない」

ポスターの中の健太郎はいつもと同じ笑顔で大輔を見ていた。


針のむしろに座らされているような一日だった。

選挙から一夜明け、朝から健太郎と二人で、後援会の幹部や企業、商店会の役員などを回って、選挙への協力に礼を言い、そして力及ばなかったことを詫びて頭を下げ続けた。

選挙は、健太郎が所属する与党が過半数を維持したが、直前に生まれた新党が予想以上に健闘し、各地で与党の現職議員が議席を失った。健太郎の対立候補も新党公認の三十二歳の若手だった。

選挙期間中、実体のない相手と組み合っているように感じていた。風は感じることはできても見ることも触ることもできなかった。

そして厳しさに拍車をかけたのが、党本部の応援態勢だった。

選挙戦も終盤になれば、情勢分析で厳しいとされる選挙区を中心に、現職閣僚や閣僚経験者などが応援に入り街頭で候補者と並んで有権者にアピールする。テレビの露出が多く有権者に人気のある議員は自分の選挙区に戻る暇がないほど全国を回る。そしてその割り振りを決めるのは党の選対本部だ。

健太郎は青木を通じて何度も応援を要請した。しかし最後まで有力な応援はもらえなかった。

理由ははっきりしていた。公示の一ヶ月ほど前、記者との懇談の席で何気なく口にした政府の経済政策への疑問が、週刊誌に大きく取り上げられてしまったのだ。『衆院選を前に党内から経済政策に批判の声』そんなタイトルが付いた。

政府の経済政策は野党からの攻撃の的でもあった。健太郎の発言は党内で問題視された。すぐに発言を訂正するよう先輩議員からアドバイスされたが、健太郎は意に介さなかった。政府の政策を否定したわけではない。経済に限らず政策は一つではない。いろいろな意見があり、それを常に検討することが与党には必要だと主張した。

自分が正論と思ったら決して引かない。大輔は健太郎らしいと思ったが、政界はそれほど甘くなかった。

すでに現職の一次公認は決まっていたので、公認をはずされることはなかったが、選挙の応援を出さないという形で制裁がきた。

それでもできる限りのことはやったと思っている。選挙が決まってからはもちろん、現職だった六年間、地を這うようにして地元組織をまとめていった。それが地元担当秘書である大輔の仕事だった。

後援者たちは、誰もが労いの言葉をかけてくれたが、同時に独自の敗因分析を聞かされた。

選挙区は私鉄沿線の新興住宅地で、いわゆる無党派層と呼ばれる、風に影響されやすい住民が大半を占めている。選挙前の発言と叛骨的な姿勢は地元での評判は悪くなかったという声もあった。

そして結論は風に対抗できる組織の強さと広がりがなかったということに終始した。

大輔は頭を下げ、身が縮まる思いで後援者の話を聞いた。

彼らの言うことはどれも正論だった。しかしそのひと言ひと言が、大輔の六年間を否定しているように聞こえた。膝の上に乗せた拳を握りしめて耐えた。

明日は地元の県議と市議を回ることになっている。今日よりも辛辣なことを言われるのは目に見えている。何もかも放り出したくなる気持ちを抑えてエアコンのスイッチを入れた。

健太郎が事務所に入ってきた。

「お疲れさん」

大輔が声をかけると、健太郎は黙ったまま片手を上げて椅子に腰を下ろした。健太郎にとっても辛い一日だったはずだ。

大輔は冷蔵庫から栄養ドリンクを出して健太郎の前に置いた。

「何がまずかったのかな」

健太郎が下を向いたままつぶやいた。

「敗因分析は後だ。やらなきゃいけないことはまだあるぞ」

「わかっている。だが最後に踏ん張れなかった」

健太郎は、選挙期間中も教育制度の改革を中心に訴えた。

教育費の無償化や就学支援金には意味があるが、それとは別に長期的な計画を立てて教育システムそのものの立て直しが必要だ。健太郎が最初に取り組まなければいけないと主張していたのが、教師の質の向上を図ることと、やる気のある教師が存分に力を発揮できる環境を作ることだった。そのためには教員の採用、養成の方法から変えていかなければいけない。

子供の教育に関わる問題は多岐にわたる。いじめ、不登校、貧困、数え上げれば枚挙にいとまがない。全てを一気に解決することは不可能だ。時間がかかる。だが教育はどんな経済政策よりも重要な国の将来を作るための政策だ。健太郎は常に熱く語り、実現のために走り続けてきた。それは大輔が一番よく知っている。

防衛と教育は票にならない。永田町の定説だ。それでも健太郎は選挙戦を通じて教育改革を訴え続けた。

健太郎は、若い教師や教員志望の学生に声をかけて定期的に勉強会を開いている。大輔は勉強会の事務局を担当していた。

各地で子供たちの勉強や暮らしを支援するＮＰＯとも頻繁に連絡を取り合って情報交換を欠かさない。

ここ一年ほどは賛同する数人の議員が勉強会に参加していた。

「政治家としての仕事には手応えを感じていたんだ。時間はかかるがきっと新しい教育制度は作れる。そう思っていた」

健太郎は目の前の栄養ドリンクの瓶を握ったまま続けた。

「二期六年で、党内で教育の石橋健太郎として認知されるようになった。数は少ないが法案も作成して党に働きかけた。実績も残しているんだ。将来のビジョンもちゃんと作っている。それがなんで票につながらないんだ。みんなに届かないんだ」

健太郎の言葉が棘になって大輔の胸に突き刺さった。こめかみの辺りがうずき、腹の底から何かが湧き上がってきた。

「地元を固める俺の力が足りなかったと言いたいのか」

健太郎が顔を上げた。

健太郎は慌てたように首を振った。

「そんなことを言っているわけじゃない」

大輔にはわかっていた。健太郎はそんなことを言う男ではない。わかってはいたが、今日一日で胸の中にたまったうっぷんが急に膨らみ始めた。

「お前は永田町の檜舞台(ひのき)でやりたいようにやっていればいい。だがその間、俺がどんなことをしてきたのか知っているのか」

こんなことを言うべきではない。頭の中ではわかっていたが止まらなかった。

「後援会の幹部といっても人格者がそろっているわけじゃない。むしろ面倒な奴の方が多いんだ。市議会議員や県議会議員もそうだ。偉そうにふんぞり返っている奴ばかりだが、あいつらの組織は国政選挙の時の大事な実働部隊だ。顔を立てながら、こちらの思うように動かさなきゃいけない。みんなが仲良しってわけじゃない。それでも一人敵を作ったら面倒なことになる。だから苦労する。お前が言う通りだよ。永田町の実績だけで票が取れるなら、そんなありがたいことはない。だがそれだけで当選できるほど単純じゃないんだ」

止まらなかった。健太郎は顔を歪(ゆが)めて黙ったまま聞いている。

「俺はお前の理想を聞き、それに賛同したから会社を辞めて秘書になった。必死なのはお前だけじゃないんだ」

健太郎が下を向いた。大輔が何を言いたいのかはわかったはずだ。

六年前、健太郎が目指すのが教育改革だと聞かなかったら、会社を辞めてまでついていこうとは思わなかった。

大輔の長男の浩太(こうた)は小学校の五年生で不登校になった。担任だった若い女性教師が口にした浩太の容姿に対する心無いひと言が原因だった。

部屋に引きこもり一日を黙って過ごしていた。ニュースなどで子供の不登校の話は聞いていたが、実際に我が子がなると家の中がこんなにも重苦しくなるのかと思った。妻は仕事を辞めた。子供の自殺をニュースで耳にしていたからだった。

担任の教師は相談に行ってもなす術なしという状態だった。

学校に行けないまま六年生になり担任が変わった。三年生の時に担任だった五十代の男性教師だった。頻繁に家庭訪問をしてくれた。決して学校に来いとは言わず、三年生の時の楽しかった話を繰り返しして帰って行った。この教師の心のこもった対応のおかげで浩太は徐々に笑顔を取り戻し、学校に通えるようになった。

無事に中学に進学し、今は公立高校の二年生だ。教師の役割の重要性を身をもって知った。

健太郎の理想は大輔の夢になった。

それでも現実を考えるとすぐに決断というわけにはいかなかった。

国会議員の秘書には、政策秘書と公設の第一と第二秘書がいる。この三人に払う給料は国から出る。公設第一秘書の大輔の年収は額面で七百万円ほどで、世間から見れば決して低くはないが、サラリーマン時代からは減収になった。二人の子供にはこれから金がかかる。それでも夫婦で話し合い健太郎の理想の実現に賭けた。今回の落選で、夢だけでなく収入もなくなった。

「すまん、お前に甘えていた」

健太郎が下を向いたまま小さな声で言った。

答える言葉はなかった。言うべきではなかった。自分がどんなに苦労しているかなど口にすることではない。辛いのは健太郎も同じだ。甘えているのは自分の方だ。

静かな部屋の空気が大輔に重くのしかかってきた。

健太郎はいつまでも顔を上げなかった。


窓の向こうに国会議事堂が見える。夏の日差しが街路樹を抜けて歩道に縞模様を描いている。

大輔は書類を持った手を止めて外の景色を眺めた。選挙から三日がたち、大輔は永田町にある議員会館の事務所の片付けに来ていた。

「冷たいお茶、どうぞ」

坂下希美（さかしたのぞみ）がデスクの上の書類を片付けてグラスを置いてくれた。

希美は健太郎が初当選して以来、この事務所で働いているスタッフだ。今年二十八歳のはずだ。

人当たりがよく頭の回転も速いので、地元の支持者にも評判がいい。大輔も希美の事務処理能力を高く評価している。

「大八木さん、これからどうされるんですか」

希美が躊躇(ためら)いがちに訊いてきた。

「まだ何も決まっていないよ」

希美は大きく頷き、いったんドアに目をやってから声をひそめた。

「政策秘書の青木さん、昨日からせっせと就活ですよ」

青木はけさ大輔が事務所に入ると、待っていたように部屋を出て行った。言葉を交わすこともなかった。

大輔は、青木の秘書としての経験や人脈、政策立案能力を認めている。しかし常に沈着冷静で冗談も通じない青木が苦手だった。

青木ほどの経験がある政策秘書なら、新人議員の事務所では喉から手が出るほどほしい人材だ。派閥の幹部の代議士(せんせい)の元に行けば、新人議員の秘書の口を紹介してもらえるのだろう。

「この部屋ともお別れか」

希美が大げさな言い回しで部屋の中を見回した。

「坂下さんのことも考えないとね」

「私なら大丈夫です。新人議員さんの事務所で働かせてもらえそうです。けさ健太郎先生から言われました」

大輔は黙って頷いた。

「でも」

希美が、きっぱりとした口調で言って、身体をすっと寄せてきた。

「次の選挙で、ここに帰ってきたら、必ず私を使ってください。私は石橋健太郎先生の下で働きたいんです」

希美の目は真剣だ。

「健太郎先生の教育改革に賭ける情熱ってすごいですよね。発想は常に独創的で行動力もある。目標に向かって地道な努力も惜しまない。私も少しでいいからお手伝いがしたい。本気でそう思わせてくれる政治家なんです」

希美は、これ見てください、と言ってプリントアウトしたメールの束を大輔の前に差し出した。

「勉強会に参加している教員志望の学生さんや学校の先生、それに全国のＮＰＯの方から、必ず次の選挙で帰ってきてくれって激励のメールや電話がたくさん来ているんですよ」

希美はその束をパラパラとめくりながら続けた。

「健太郎先生と一緒にいると、自分にも何かできるんじゃないかって自信が湧いてくるんです。みんなもそうなんじゃないかな」

「ずいぶん買ってるんだね」

「大八木さんは違うんですか」

希美が真っ直ぐな目を向けてきた。

目を逸らして曖昧に頷いた。

政治家としてだけでなく、人間としての健太郎の魅力を誰よりも買っている。これからも健太郎を支え、一緒に走って行きたい。

だがその資格があるのだろうか。

落選で一番つらい思いをしているのは健太郎だ。それをわかっていながら自分勝手な愚痴を怒鳴り散らした。落選、そして職を失うという現実を突きつけられて、自分の小ささを思い知らされた。

大輔は黙って希美から離れると、壁に貼ってある健太郎のポスターを丁寧に剝がした。最後の一枚だった。議員会館の部屋の中から石橋健太郎の顔が消えた。

午後八時を回り電車は帰宅ラッシュの時間帯だ。

大輔は混雑する車内を見回した。真夏だというのにスーツを着たサラリーマンが疲れた表情で吊革にぶら下がっている。

電車が停まり、目の前のドアが開いた。思いのほか降りる乗客が多く、大輔は人の流れに押されてホームに出た。

いったんホームに降り立つと再び電車に乗る気にはなれなかった。

黙ってドアが閉まるのを眺め、走り去る電車を見送った。そのまま階段を上り改札を出た。

昼間の名残りの不快な暑さが身体に絡みついてきた。

「ビールでも飲んでいくか」

　大輔は大通りから飲み屋が並ぶ路地に入った。

　普段なら目についた店に飛び込むところだが、今日はそういう気分ではなかった。適当な店が見つからないまま歩いていると、路地からさらに横に入る細い道があった。奥を覗くと、少し先に一軒の店の明りが見えた。周囲に人の姿はなく、そこだけが別の世界のようだ。

　何気なく横道に一歩入るのと同時に背後から風が吹き、身体に絡みついた不快な暑さを拭い去ってくれた。

　少し遅れて暖簾が風に揺れた。手招きされているような気になり、そのまま店の前まで行った。

「ともしびてい、か」

　賑やかな音楽が流れている店ではなさそうだし、ビールさえ飲めればいい。そんな思いで暖簾をくぐり引き戸を開けた。

「いらっしゃいませ」

　女性の明るい声に迎えられた。

カウンターに髪を短く刈り込んだ職人風の中年の男性客が一人。小上がりにはネクタイを緩めたスーツ姿の二人連れが座っている。

真っ直ぐカウンターに向かった。

おしぼりを持ってきた女性の従業員に生ビールを頼んだ。

すぐにジョッキとお通しの小皿が置かれた。

冷えた生ビールを喉に流し込んだ。胸の中の苦い塊も身体にまとわりついた不快な暑さも一気に吹き飛んだ。

だがそれも一瞬のことだった。すぐに胸の奥に重い塊が顔を出す。

ジョッキの底から上がる泡を見つめた。

健太郎と初めて出会ったのは中学一年生の時だった。

部活を決めかねていた大輔に健太郎が声をかけてきた。

「入るならバスケ部だ。女子にもてる。間違いない」

なるほど、そうかもしれないと頷くと、そのまま体育館に引っ張っていかれた。三年間、部活は楽しかったが女子にはもてなかった。

高校は同じ公立高校に進学した。

バスケット部に入ろうとする大輔を健太郎が止めた。

「今の時代の男に必要なのは、より直接的な肉体のぶつかりあいだ」

それも一理あるかもしれないと頷くと、健太郎は、女子にもてるのはこれだったんだと言って大輔の腕を引っ張った。連れて行かれたのはラグビー部だった。

練習はきつかったが、試合でも満足できる成績を収め充実した三年間を過ごすことができた。女子にはまったくもてなかった。

（ん、なんだこれ）

爽やかな苦みと辛さが口の中に広がった。

無意識のうちに目の前のお通しに箸を伸ばしていたようだ。

皿を見た。みょうがと貝割れ大根に鰹節をまぶして軽く醤油をかけてある。シンプルな料理だが、今の季節には気の利いたお通しだ。暑さにいじめられた身体には、貝割れの軽い辛さがありがたい。みょうがとのバランスも絶妙で軽い歯ごたえもいい。鰹節をまぶしてあるので味が単純にならずに深みが出ているのだろう。

ジョッキの残りを飲み干しておかわりを頼んだ。

大学は別々だったが、二ヶ月に一度は健太郎に呼び出され二人で酒を飲んだ。

三年生になった時、将来は政治の道に進みたいと打ち明けられた。

健太郎に向いていると思い、いいじゃないか、と肩を叩くと、大仰(おおぎょう)に喜び、その日は酒をおごってくれた。

健太郎は直後に地元選出の与党議員、稲村聡(いなむらさとし)に師事し、事務所で学生ボランティアとして働き始めた。

大学を卒業したのは平成六年、一九九四年だ。

就職氷河期と言われる中、大輔は何とか中堅の食品製造会社に滑り込み、健太郎は商社マンになった。

健太郎が商社を選んだのは、稲村代議士に世の中の動きがわかる仕事を十年、本気でやってから、もう一度、政治の世界に入るか考えろと言われたからだった。

バブル景気はすでに崩壊し、平成不況の入り口で社会に飛び出すことになった。

目の前に置かれた二杯目のビールを喉に流し込んだ。

『同情するならカネをくれ』

二人が社会人になった年の流行語だ。

この年、小選挙区比例代表制を柱にした選挙改革法が成立した。健太郎は大輔を呼び出し、日本の政治が変わると言って祝杯を挙げた。しかし直後に首相交代が二度続き政界は波乱含みだった。

二杯目のビールとお通しの皿が空になった。

六月には松本サリン事件で世の中が不安に包まれた。

翌月、日本人初の女性宇宙飛行士、向井千秋（むかいちあき）さんが宇宙に飛び立ち、人々は喝采（かっさい）を送った。

日本酒の冷やと、お品書きの端に書いてあるモズク酢を注文した。

バブルの象徴と言われたジュリアナ東京が閉店したのも、この年だった。

目の前に、枡に入ったグラスが置かれ日本酒が注がれた。

後（のち）に失われた十年と呼ばれる逆風の中を走り続けたサラリーマン生活だった。

グラスに口を近づけて日本酒をひと口飲んだ。いい酒だ。

サラリーマン時代にも、こうして日本酒を飲む夜があった。一人で上げた祝杯もあったし、悔し涙を酒に落とした夜もあった。

十年がたち、健太郎は商社を辞め、稲村代議士の私設秘書になった。そして六年前、引退した稲村の後継者として立候補し初当選を果たした。

グラスを持つ手が口の前で止まった。

稲村は閣僚経験こそなかったが当選五回のベテランで、盤石の地盤を築いていた。

胸の中がざわついてきた。

必死に地元を固めてきたと大見得を切ったが、結局、稲村の地盤を維持することができず、その結果が今回の落選ということなのか。自分がやってきたことはその程度のことだったのだろうか。

日本酒を口に流し込んだ。

そんなことはない。自分に言い聞かせた。それでも不安は胸の中でどんどん膨らんでいく。

どんなに一生懸命やったと言っても所詮は素人の独りよがり。後援会の幹部も健太郎もそれを感じていたのか。

日本酒のグラスを握りしめた。

「お待たせしました、モズク酢です」

目の前に皿が置かれた。

日本酒を呷り、モズク酢に箸を伸ばした。

旨い。

モズク酢の中にタコのぶつ切りが入っている。さっぱりしたモズク酢とコリコリしたタコぶつの歯応えが何とも言えない。よく見ると、ほんの少し針生姜が入っている。口の中に微かに感じる生姜の辛みがモズクの味を引き立てて、爽やかな味になっている。

大輔は箸を置いてカウンターの中に目をやった。文句を言う筋合いではないが、料理を口にするたびに思考が途切れてしまう。

店の主人だろうか。薄いピンクの作務衣を着た女性が包丁を使っている。ショートカットに薄い化粧、歳は四十歳前後だろう。切れ長の目に引き締まった口元は少し冷たい感じを受ける。

「お料理、お口に合いますかしら」

作務衣の主人が大輔の視線に気付き笑顔を向けてきた。

その瞬間、胸が小さく弾んだ。大輔に向けられた笑顔は驚くほど優しさに溢れていた。同時にはっきりとした違和感を持った。見た目は女性だが、どうやら男性のようだ。

少し戸惑ったが、そんな感情を表に出さないのが秘書の習性だ。

「美味しいです。汗と浮き世の憂さにまみれた身体には最高の料理です」

「あんた、うまいこと言うね」

二つ席を空けた短髪の男性客が声をかけてきた。

「浮き世の憂さを晴らすのが居酒屋の仕事だからな。ユウさん。これは最高の褒め言葉だ」

最後のひと言はカウンターの中に向かって言った。

「酒と料理で浮き世の憂さを忘れるには、もってこいの店だよな」

「大将は、どこで飲んでも憂さなんてすぐ忘れちゃうんじゃないですか」

ビールのおかわりを運んできた女性の従業員が声をかけた。店主のユウさんから亜海ちゃんと呼ばれていた。

「そう言われりゃ、そうかもしれないけどね」

大将と呼ばれた男性が声を上げて笑い、ジョッキを傾けた。

店主と従業員、それに常連客が作る独特の雰囲気があるが、決して一見の客の居心地を悪くさせることはない。

大輔は店の雰囲気に溶け込んでいくような心地よさを感じていた。

「何か召し上がりますか」

ユウさんが自然に声をかけてきた。

これ以上、自分の世界に籠って考え事をするのは無理なようだ。

そう思うと急に空腹を感じた。朝は家でコーヒーを一杯飲んだだけで、昼は議員会館の食堂でざるそばを一枚食べたきりだった。

「日本酒の冷やに合うもの、何かいただけますか」

ユウさんは、承知しましたと笑顔で頷いた。

タコぶつ入りのモズク酢でグラスが空になり、二杯目を注いでもらった。

ひと口飲んだところで亜海ちゃんが料理を運んできてくれた。

「味がついていますので、そのままお召し上がりください」

目の前に置かれたのはカツオの刺身のぶつ切りだ。水菜と和えてある。カツオと水菜を箸でつまんで口に入れた。

箸を持ったまま身体が止まった。さっぱりしたカツオの味と一緒にえも言われぬ濃厚な味が口の中に広がった。

正体がわかる前に心と身体が日本酒を求めていた。

グラスを持って日本酒をぐびりと飲んだ。

旨い。

皿に目をやった。カツオのぶつ切りに何かをまぶしてある。箸でつまみゆっくり口に運んだ。舌の上に広がる味を確かめた。

酒盗。カツオの内臓で作る塩辛だ。

酒盗を包丁で叩き、醬油を加えてカツオのぶつ切りにからめているのだろう。酒盗をまとって濃厚になったカツオに水菜を合わせることで、しつこくなく、この季節らしいさっぱり感も出ている。

黙って日本酒のグラスに手を伸ばした。

旨い。旨くないはずがない。

グラスを置いて顔を上げると、ユウさん、亜海ちゃん、それに大将が、嬉しそうな顔を向けてきている。

「どうだい、旨いだろ」

口を開いたのは大将だ。

「まいりました。お酒がいくらあっても足りません」

大輔はユウさんに言って軽く頭を下げた。胸の中の不安や焦りが消えたわけではない。

それでも酒と料理でこんなにリラックスするのは初めてだ。

「ゆっくりなさってくださいね」

ユウさんは大輔の目を見て微笑んだ。

酔いが回るほど飲んだわけでもないのに、身体がフワッと軽くなったように感じた。

ペットボトルの水が喉を通って身体中に滲みわたる。

大輔は大きく息をはいて事務所の中を見回した。大輔の他には誰もいない。間もなく健太郎が来るはずだ。

昨夜は灯火亭の酒と料理で気持ちを落ち着けることができた。

健太郎が来たら、まずおとといのことを謝ろう。そのうえでこれからの話をしよう。

健太郎を支えていきたいという思いに変わりはないが、これ以上、足を引っ張るわけにはいかない。地元にいれば、どんな形であっても健太郎の応援はできる。

家族のこともある。今は一日も早く安定した職に就くこと。それが自分に言い聞かせた結論だった。

事務所のドアが開き健太郎が入ってきた。

「なんだ、大輔だけか」

健太郎が部屋の中を見回して言った。

「みんな休みなしだったからな。今日はゆっくり休むように言った」

大輔が言うと、健太郎は黙って頷き椅子に腰を下ろした。

健太郎の顔に急に疲れが浮かんだ。

「大丈夫か」

「駐車場に車を停めて商店街を歩いてきたんだけどさ。しおれた顔は見せられないから、精一杯の笑顔で挨拶してきた」

健太郎が壁に貼ってある自分のポスターを見つめながら言った。

「健太郎――」

「これからのことだがな」

大輔が口を開くのと同時に健太郎が顔を向けてきた。

大輔は出かかった言葉を呑み込んで頷いた。

「俺は次の選挙に出る。二年後になるか三年後になるか、四年近くまでいくのか。それは誰にもわからない」

健太郎は言葉を切り、ペットボトルのお茶をひと口飲んだ。

「お前のことだが、俺も収入がなくなった以上、このままというわけにはいかない」

大輔は黙って頷き先を促した。

「高瀬不動産の社長が、お前のことを買っているんだ。お前にその気があれば正社員として雇ってくれるそうだ。仕事ぶりを見ながらだが年齢相応の給料を出すことができると言ってくれている」

この辺りは都心への交通の便も良く人口が増え続け、高瀬不動産の経営は順調だと言われている。社長の高瀬はワンマンの剛腕経営で知られ、社員は自分たちの会社をパワハラ不動産と呼んでいる。

高瀬は稲村代議士の後援会から引き続き健太郎の後援会に名を連ねていた。しかし健太郎が初当選してしばらくすると、新人議員の後援会にいてもメリットがないと公言して離れていった。それでも地元の有力者の一人なので、日頃から挨拶は欠かさずにいた。

彼の会社に就職したら休みを利用して健太郎を応援するのも難しくなるだろう。だが贅沢を言える立場ではない。

健太郎は、挨拶回りの傍ら働き口を探してくれたのだ。落選した身で、下げたくもない頭を下げてくれたのだろう。

ありがたい。そう思うのと同時に、いったん押さえ込んだはずの思いが胸の中で頭をもたげてきた。

最初からこの話か。他に言うことはないのか。それでいいのか。

健太郎は表情を変えずに続けた。

「もう一つ、後援会長の須田さんが面倒をみてくれるという話がある」

須田は駅周辺と郊外で居酒屋と和食レストランを経営している。面倒見がよく人望があるが経営は楽ではないと聞いている。

「須田さんは、引き続き俺を応援すると言ってくれた。だから須田さんの世話になるなら、仕事をしながら地元の組織固めを続けるための便宜(べんぎ)を図ってくれると言っている」

大輔は身体を乗り出した。なぜその話を先にしないんだ。

「ただし」

健太郎は大輔が何か言うのを拒むように言った。

「給料は、今の半分が限度だそうだ」

なるほどそういうことか。いったん浮かした腰を椅子に戻した。

「お前はどう思っているんだ」

大輔が問いかけると、健太郎は少し考えるような表情をしてから口を開いた。

「次の選挙が最長で四年後だとする。俺達はもう五十の声を聞く歳だ。そこでまた今回のような結果になったら、今みたいな条件で再就職できる保証はない」

重い言葉だったが、何かが違う。

「俺が訊きたいのは——」

「近いうちに返事をくれ。奥さんとも相談してな」

健太郎は大輔の問いかけを遮るように言って席を立った。

一人残った大輔は壁のポスターに目をやった。

「お前はどう思っているんだ」

声に出して問いかけた。

健太郎は爽やかな笑顔で大輔を見ているだけだった。


「お疲れのようですね」

二杯目の生ビールを口にしたところでユウさんが声をかけてきた。

大輔は健太郎と会った後、議員会館に行き最後の荷物を送り出した。真っ直ぐ自宅に帰るつもりだったが、灯火亭のある駅に着いたとたん、乗客をかき分けて電車を降りてしまった。

「今日は仕事らしい仕事をしていないんですけどね。というより仕事がなくなってしまったので」

ユウさんは黙って頷いた。

時間が早いせいか客は大輔の他にカウンターに恰幅のいい禿頭の初老の男性が一人いるだけだ。

常連のようで、ユウさんや亜海ちゃんは、社長と呼んでいる。

静かな店の中に出汁のいい香りが漂っている。

けさ千恵には健太郎と会って話をすると伝えて家を出た。千恵は、よろしく言っておいてね、と明るく言っただけで何も訊いてこなかった。千恵は中学の同級生で、健太郎のこともよく知っている。

この状況で我が家のこれからのことを口にしないのは夫を信じているからか。それとも健太郎を信頼しているからなのだろうか。

そう言えば……。

大輔は微かな記憶の糸をたぐった。高校生の頃、健太郎と千恵が付き合っているらしいという噂を地元の別の友人から聞いたことがあった。健太郎に訊いたが、あっさりと否定したので忘れてしまっていた。なぜ急にこんなことが頭に浮かんだのだろう。

大輔が千恵と再会したのは中学を卒業して十年で開かれた同窓会だった。千恵は恋人と別れたばかりだと言っていた。話が弾み、なんとなく付き合いが始まり、一年後に結婚した。

居酒屋に健太郎を呼び出し、千恵と結婚すると伝えた時、健太郎はこちらが驚くほど喜んだ。酒を過ごし酔いつぶれるほど飲んだ健太郎は、俺もやっと肩の荷が下りたとつぶやいた。

その時は大げさな奴だと思ったが、まさか別れた恋人が健太郎で、千恵はその後も想いを残していたとか……。

「馬鹿か俺は」

思わず口にした。こんな状況にいるからといって、くだらないことを考えた自分が情けなかった。

千恵には、高瀬さんの不動産会社の世話になると告げよう。それで生活の心配はなくなる。夢を見るのはここまでだ。

大きく息をはくのと同時にお通しの皿が目に入った。つまみも頼まずお通しにも手を付けていなかった。

今日のお通しは酢の物だ。

箸を伸ばして口に入れた。見ただけでは正体がわからなかったが、焼いた鰺（あじ）の開きをほぐして入れてある。適度な塩味が残り、酢との相性がいい。キュウリは細切りにしてあるので食感がよく、鰺に負けずに存在を主張している。大葉と白ゴマが夏らしさを引き立てている。今の季節のビールにはもってこいのつまみだ。

顔を上げるとユウさんと目が合った。

「このお店はものを考えるのには向きませんね。料理を口にするたびにそれどころじゃなくなってしまいます」

「おそれいります」

ユウさんが嬉しそうに言った。

「たしかにね」

社長が声をかけてきた。

「でもここで酒と肴を味わって、ユウさんの笑顔を見ていると、思わぬ答えが出てくることがあるんですよ。面白い店ですよ」

社長は大輔から目を逸らし手酌で酒を注いだ。

思わぬ答えか。大輔の頭の中に、健太郎の顔が浮かんだ。初当選を果たした時の笑顔、教育について学生と熱く議論を交わす姿、法案作成のために青木と額を突き合わせてやりとりをする真剣な眼差し。一歩一歩、自分の理想に近づくために必死に活動する姿は魅力的だった。こいつならきっとやってくれる。そう信じて必死に支えてきた。

だめだ。未練だ。これからは一市民として健太郎を応援していけばいい。今日一日、何度も自分に言い聞かせた言葉だ。

ふと気付くと、ユウさんが包み込むような笑顔で大輔を見ている。

大輔は無理矢理作った笑顔をユウさんに向けた。

「何にでも潮時ってやつはありますよね。やりたいことをやって満足しても、実力が伴わなければ誰も幸せにできない。おまけに家族を養えないんじゃ男として失格ですよね」

ビールをひと口、喉に流し込んだ。

「女房はこれまで、私を応援してくれました。それを給料が半分になるけどやりたいことを続ける、とは言えません」

「あら、いいじゃありませんか」

ユウさんが軽い感じで言った。

「そうは言っても男としては——」

「そんなこと言ったら奥さまに失礼ですよ」

「そうでしょうか」

「一家を支えているのは、旦那さまだけじゃありませんよ」

ユウさんの顔に浮かんでいるのは、どこか厳しさを感じさせる微笑みだ。いったいこの人はいくつの笑顔を持っているのだろう。

肩から力が抜けていった。ジョッキの底に残っているビールを飲み干して立ち上がった。

「あなた、健太郎さんについていきたいんでしょ」

千恵が大輔の顔を覗き込むようにして言った。

大輔は帰宅してすぐに、今後の選択肢が二つあることを説明した。

返ってきた言葉がこれだった。

「あなたのお給料が半分になるのは痛いけど、二人の収入を合わせれば何とかやってい
けるわよ」

「きみに苦労をかけることになるな」

大輔の言葉に千恵がすっと背筋を伸ばした。

「忘れないでね。健太郎さんの理想は、あなただけの夢じゃない。私の夢でもあるのよ。

いや、夢と言うより切実な願いかな」

千恵はいったん言葉を切って下を向いた。

「子供が辛い思いをしなければいけない学校なんて意味がない」

浩太の小学生時代のことを言っているのがわかった。

千恵が顔を上げて笑顔を向けてきた。

「ニュースでやってたけど、最近は地方の教育委員会が東京で採用試験をするんですっ
て。それも年齢制限を引き上げて現職の先生を対象にね。仁義なき人材の奪い合い、な

んて言ってた。そんな状況になっているのよ。健太郎さんは、根っこの所から教育のシステムを作り直そうとしているわけでしょ。その仕事をあなたが支えていると思ったら私も誇らしい」

ありがたかった。それでも心に引っ掛かるものは残っている。

「健太郎は俺を必要としていないのかもしれない」

「あら、そんなことないんじゃない」

千恵が驚いたような顔をした。

「いつだったか健太郎さんが言ってたわ。中学生の時から俺の人生は大輔の指針で進んできた。大切なことは全て大輔に相談した。大輔がいいんじゃないかと言うと、なんとなくできそうな気になる。それで今日までやってこれたんだって」

健太郎がそんなことを。信じられなかった。

「あなたに足りないのは自信。でもその自信のなさが慎重さと謙虚さにつながって魅力になっている」

何だかお尻のあたりがむずがゆくなった。

「あなたと健太郎さんって、両方が片思いだと思い込んでる男と女みたいね。それも中学生レベルの」

苦笑いを浮かべるしかなかった。

「お茶、淹れ直すね」

千恵が立ち上がろうとするのを手で止めた。

「これでいいよ」

湯呑を手にした。千恵が淹れてくれたお茶は温かかった。


大輔は健太郎と灯火亭の小上がりに向かい合って座っている。

午前中に健太郎に連絡して、話したいことがあると言うと、永田町で人と会っているので、夕方どこかで一杯やろうということになった。選挙区内は避けたいと言うので灯火亭を指定した。

健太郎は、会った時から大輔と目を合わさず、どこかよそよそしい感じがした。

二人の目の前には、瓶ビールと冷奴（ひややっこ）の皿が置いてある。

冷奴には薄く切って塩もみしたキュウリと天かすが載っている。

「青木さんの就職先が決まったよ。きょう挨拶に来た。誰の秘書になったと思う？」

健太郎が思い出したように言った。

「あの男が誰の秘書になろうと関係ないさ」

大輔は健太郎から目を逸らしグラスに手を伸ばした。

健太郎は、そう言うなよ、と言って大物代議士の名前を告げた。

「どういうことだ」

大物代議士の事務所はどこも大番頭と呼ばれる古参の秘書を筆頭にベテランの私設秘書が顔をそろえている。若い代議士など歯牙にもかけない実力と影響力を持った連中だ。

青木といえどもそこに入って自由に仕事ができるとは思えない。

「青木さんはこう言ったんだ」

健太郎が大輔のグラスにビールを注ぎながら続けた。

「代議士には了解していただきました。次の選挙まで雑巾がけでも何でもして永田町に身を置かせてもらいます。ですから次の選挙で必ず帰ってきてください、とな」

沈着冷静を絵に描いたような青木の言葉とは思えなかった。

「俺の政治家人生にとって彼の経験と知識は欠かせない。これで次に希望がつなげた」

健太郎がグラスを握り笑顔を引っ込めた。

「だが一番の問題はこれからだ」

健太郎がつぶやくように言ってグラスを置いた。

「頼む」

健太郎が突然テーブルに両手をついて頭を下げた。

「金はない。お前と千恵ちゃんに苦労をかけるのは百も承知だ。だが俺にはお前が必要なんだ。もう一度、俺と一緒に闘ってくれ」

「本気か」

「冗談でこんなことが言えるか」

健太郎が額をテーブルにつけたまま答えた。

じわじわと胸の中が熱くなってきた。なんで最初からそう言わないんだ。

健太郎が顔だけを上げ大輔に目を向けてきた。

「すぐに言いたかった。だが家族のあるお前に無理は言えない。考えに考えた。やはりお前しかいない。それが結論だ」

大輔は黙って頷き、グラスを差し出した。

健太郎が素早く身体を起こした。

「いいのか」

身体を乗り出してきた。

もう一度、頷いた。

健太郎がグラスを持った。軽く合わせて二人で一気に飲み干した。

「この前はすまなかった」

大輔は改めて暴言の詫びを言った。

健太郎は、何のことかわからないような顔をしたが、すぐに、あれか、と言って笑った。

「気にするな。その代わり、これからもお前がどんな苦労をしているかなんてことは知らん顔でいるからな」

健太郎の言葉に頷いた。

「それより明日にでも須田さんのところに行って、これからのことを相談しよう」

健太郎がまくし立てるように言った。

「その件だがな」

大輔は胸に引っ掛かっていることを口にした。

「俺は食品関係にいたから十分役に立てると思う。就職するからには須田さんに雇って良かったと思ってもらえるだけの仕事はきっちりさせてもらう。後援会をまとめる仕事が片手間でできるとは思っちゃいない。時には須田さんに無理を頼むこともあるかもしれない。だがこの六年間で築いてきた人脈はだてじゃない。ちゃんと両立させる」

「それでこそ俺が見込んだ大輔だ」

健太郎がこれ以上ないという笑顔を見せた。

「よし、今夜はとことん飲むか」

健太郎は明るく言ってから顔を寄せてきた。

「この店、料理は気が利いているし、あの女装のママさん、なかなか魅力的だな。あっちに移らないか」

健太郎がちらっとカウンターの方に目を向けた。

大輔に異存はない。亜海ちゃんに声をかけて席を移った。

「難しいお話は終わりですか」

ユウさんが微笑みながら声をかけてきた。

「ここからは、この店の料理とお酒を楽しませてもらいます」

健太郎が愛想よく言った。

「こいつとは中学から三十年以上の腐れ縁でしてね。ちょっと前に同時に職を失って、たった今、新しい仕事が決まったんですよ」

「それはおめでとうございます」

ユウさんはやわらかな笑みを浮かべて言った。

「表舞台に立つのは、こいつです」

大輔はユウさんを見たまま健太郎の肩を叩いた。

「そして私は裏方。したがって飲み代は全部、こいつ持ちです」

大輔が言うと、健太郎は、金がないのは一緒だ、と言って抗議したが、それは無視して日本酒の冷やとつまみを頼んだ。

「高校生の時のことだけどな」

大輔はふと訊きたくなり、日本酒をひと口飲んだところで言った。

「随分昔の話だな」

「お前と千恵が付き合っていたっていう話を聞いたが、お前は完全に否定した」

「何を今さら……」

「どうなんだ」

大輔が顔を向けると健太郎は腕を組んで眉間にしわを寄せている。

「実は、今までお前に隠していたことがある」

健太郎は組んでいた腕をほどきグラスの日本酒を半分ほど飲んだ。

「高校二年生の秋だった。おれは彼女を近くの公園に呼び出して、付き合ってほしいと申し込んだ。今風に言うと告白ったってやつだ」

知らなかった。

「何の躊躇いもなく断られた。私には好きな人がいるってな」

そうだったのか。

「その好きな人ってのが、お前だったんだよ」

思いもしないひと言だった。

「なんで教えてくれなかったんだ。あの頃は毎日、部活で顔合わせてたろ。そうと知ってりゃ俺だって――」

「お前、あの時、千恵ちゃんのことが好きなのかって訊いたら、首を振ったろ。だから
……」

健太郎は、そこで言葉を切り、違う、と言ってうなだれた。

「もしお前が彼女と仲良くなったら、俺はその話を毎日のように聞かされ、時には目撃することになる。それに耐える自信がなかった」

健太郎が芝居がかった仕草で頭を抱えた。

「俺はなんと心の狭い男なんだ」

千恵との結婚を報告した時の、肩の荷を下ろしたというのは、そういう意味だったのか。

だが彼女が高校生の頃から自分のことを好きだったというのは、今聞いてもなかなか嬉しくなる話だ。

健太郎が肩に手を回してきた。大輔の胸の内を見透かしたようにニヤッと笑った。

「いいかげんにしろ」

苦笑いを浮かべて肩に乗った手を払いのけた。

くぐもった声に二人そろって顔を向けた。

カウンターの向こうでユウさんが口を押さえて笑いをこらえている。

「ごめんなさい。でもいいですね、昔からのお友達って」

「結局、それから十年たって、こいつはその女性と結婚したんです」

「ちゃんと納まるところに納まったということですね」

ユウさんが楽しそうに言ってから大輔に顔を向け小さく頷いた。

「お待ちどおさま。蒸し茄子の生姜あんかけです」

亜海ちゃんがカウンターに皿を置いた。

二人同時に箸を伸ばした。

夏にふさわしい爽やかな味だ。蒸した茄子を冷やして細かく割(さ)き、出汁と醤油で味を付けたあんがかけてある。上に載ったおろし生姜のピリッとした刺激が酒の肴にふさわしい味を出している。

隣では健太郎が満足そうな顔で日本酒のグラスを傾けている。

大輔は、料理の皿に目を戻した。主役は茄子、これが健太郎だ。全体をピリッと締めている生姜は青木。そうなると、あんが俺か。

茄子を箸でつまんで口に入れた。

いい味だ。地味だが出汁と醤油が茄子を引き立てている。

顔を上げると、ユウさんと目が合った。

「このあんがいいですね」

「主役の味を生かすための工夫。お料理をしていて一番難しくて面白いところです」

ユウさんの微笑みは温かいだけでなく力を与えてくれる。

「おい、次の料理、何がお薦めだ」

健太郎が声をかけてきた。

大輔はユウさんに顔を向けた。

「蒸し茄子を割いたのを、こいつに食わせてやってください」

「なんだ、それ。あんも生姜もなしで旨いのか。いや旨いわけないだろ」

健太郎が大輔とユウさんを交互に見た。

大輔はユウさんと目を合わせて笑った。

健太郎は首を捻りながら亜海ちゃんに日本酒のおかわりを頼んだ。

先は長いし厳しい道のりだが、こいつとなら人生を賭ける価値はある。

皿の生姜を見て思った。青木には次の選挙の時、しっかり整った地元の後援会組織を見せてやる。そして結果を出す。

その時は、ここに連れてきてやろう。茄子と生姜とあんがそろって一杯やるのも悪くない。大輔は健太郎の肩を叩いて笑った。

健太郎は驚いた顔を向けてきた。

「飲むぞ」

大輔がグラスを差し出すと、健太郎はいったん顔を引き締めて頷き、すぐに人懐っこい笑顔を浮かべた。

「飲もう」

いい夜だ。

カウンターの中ではユウさんが次の料理にかかっている。

引き戸が開き、亜海ちゃんが元気な声で新しい客を迎えた。

一人の味

「真希ちゃんよぉ」

橋爪編集長が原稿から顔を上げ、上目遣いでこちらを見た。学生時代に柔道で鍛えたという身体に年相応の肉が付き、太い眉毛の下の大きな目と相まって周囲に与える威圧感は相当なものだ。

青山真希は緊張しながらデスクに近づいた。

ふだんなら原稿をメールで送れば、後はメールと電話のやり取りで終わる。今回は、原稿を送ったとたんに直接会社に来るように指示された。その時点で、かなり注文がつくことは覚悟していた。

「また自慢の煮込みに人情店主かい。文章はうまいんだけど、ちょっとマンネリ化してないか」

「そうですか。今までと全然違う特徴を出してるつもりなんですけど」

真希は、身体を乗り出して原稿の中ほどを指さした。フリーランスのライターとはいえ、主張はちゃんと言わなければいけない。

「この辺り。年金生活夫婦の月一回の楽しみとか、煮込みも一人飲み用の半皿メニューとか。雰囲気が出ていると思うんですけど」

真希の反論に橋爪は閉じた下唇を突き出すようにして唸った。

橋爪は、あしたば出版の女性向けの情報誌『ラクラク』の編集長だ。インテリアやグルメ情報、それにライフスタイルの情報を中心に、肩に力を入れずそれでも前向きに生きていこうというコンセプトの月刊誌だ。三十代から四十代の読者の支持を得ている。

真希はこの雑誌で『オンナの一人飲み』というコーナーを任されている。元々、お酒は好きで、かなりいける方だし一人飲みもしているので、渡りに船のありがたい仕事だった。

真希が一人で店に飛び込み、客や店主とのやり取りを中心に一人飲みの楽しさを紹介する。もちろん店の自慢料理の紹介も欠かせない。最終的に記事にすることが決まれば、店の許可は取るが店名はイニシャルで、場所は最寄りの駅名と街の雰囲気を伝えるにとどめている。店の紹介ではなくエッセイ風のコーナーだ。

真希が橋爪と知り合ったのは五年ほど前になる。当時、真希が勤めていたレストランが『ラクラク』の取材を受け、橋爪はそれを機会に何度も来てくれるようになり顔見知りになった。

三年前、真希がレストランを辞めてフリーのライターになったと聞き興味を示してくれた。

真希がレストランのホームページやツイッターで店を紹介した文章が独特の表現で面白かったというのが理由だった。

最初は試験的に簡単な飲食店の紹介記事を依頼された。

真希もライターになるための勉強は続けていたので、単純な紹介記事にせず、必死に言葉を絞り出して印象に残る一行を付けるようにした。この一行が編集長に気に入られ、徐々に仕事を回してもらえるようになった。

「最近、少し疲れてるんじゃないか。以前みたいな勢いが感じられない。読んでいてワクワクしないんだよ」

橋爪がデスクの上で両手を組んで真希を見上げてきた。若い社員ならひと睨みで震え上がると言われている目だ。

真希は腹に力を入れて、その目を見返した。

「うちの雑誌は今、上り調子だ。読者が興味を持たないような記事は一行たりとも載せられない」

橋爪は、きっぱりと言った。

腹から力が抜け背筋が寒くなった。いくら原稿に自信があると言っても、フリーランスが期待に応えられなければ仕事はなくなる。わかりきったことだった。

橋爪がふっと息をはいて続けた。

「せっかく縁があってこうやって仕事してもらっているんだ。できればこのままいい仕事を続けてほしいと思っているんだよ、俺は」

黙って頷くしかなかった。

どんな仕事でも決して手を抜いているつもりはない。ましてや『オンナの一人飲み』は、今の真希にとって、数少ない、メジャー誌での定期的な仕事だ。他にも雑誌やwebの仕事を受けているが、取材の日程を組むのも執筆もこの仕事を最優先している。次へのステップにもできると感じていた。

この仕事を失い、あしたば出版との縁が切れるのは致命的だ。

「明日から出張で明後日の夕方に帰ってくる。それまでに書き直しだ。直接持ってきてくれ」

橋爪は、真希が何か言おうとするのを遮るようにデスクの上のファイルを開いた。

真希は小声で、失礼します、と言って橋爪のデスクを離れた。

いきなり打ち切り通告はないにしても、次に編集長の納得いくものを出せなければ、この先どうなるかわからない。

編集部には、ひっきりなしにフリーランスのライターが企画を売り込みに来ている。今の真希の代わりなど、掃いて捨てるほどいるはずだ。

部屋の隅の机の上に置いたショルダーバッグに資料とパソコンをしまい部屋を出た。

「お疲れさん」

明るい声に振り向くと、編集部の星崎健司が立っていた。

真希と同い年の三十二歳の独身だ。ヒット企画を次々に提案してものにする『ラクラク』のエースで四番の存在だ。

長身にサラサラヘアーで、編集部だけでなく社内での人気はナンバーワンだと聞いている。真希にもそれは納得できた。

真希がフリーライターになったばかりの頃、何かと親切に助言をしてくれた。独立して肩に力が入っていた真希は、素直に助言を聞けなかったが、実際にはかなり参考にさせてもらった。ひよっこライターの真希が、まがりなりにもこの世界でやっていけるようになったのは彼の存在が大きい。

今年の梅雨が明けてすぐの頃、会社の前でばったり星崎と会いビールに誘われた。これまで編集部のメンバーと飲みに行くことはあったが、二人で行くのは初めてだった。

その後も二回、真希が会社を出た時にばったり会って飲みに行った。三回目には、もしかしたら彼は真希が出てくるのを待っていたのではと勘ぐってしまった。

だが酒の席で甘い話は出なかった。ライターとしての考え方や取材の方法について意見を交わした。真希にとってはその方が嬉しかった。星崎とこうした話をすることで、自分が成長したと感じることができた。

ライバルなどとは、口が裂けても言える立場ではないが、心の中ではその位置づけは忘れない。だからたとえ酒の席でも愚痴や弱音をはかないと決めていた。

だが自信のあった原稿があっさりダメ出しを食らう。これが現実だ。しかも大切な仕事を失う危機でもあった。

「よかったらお茶でもどう」

星崎がいつもの笑顔を向けてきた。

「ごめんなさい。この後、人と会う約束があるので」

そこまで言って腕時計を見た。約束の時間まで一時間以上ある。ここからなら二十分あれば余裕で行ける。

「三十分くらいなら」

「オーケー。行こう」

星崎は明るく言って歩き始めた。

救いを求めているんじゃない。愚痴を言うわけでもない。自分に言い聞かせて後に続いた。


「編集長らしいと言えばらしいけど、けっこうきつい言い方だね」

星崎はコーヒーを一口飲んで言った。

会社の並びにある喫茶店に来ていた。

「手を抜いているつもりはないし、今回の原稿も決して悪くないと思っています」

真希はコーヒーカップを手にしたまま、星崎に顔を向けた。

「星崎さんも毎回、原稿読んでくださっているんですよね。正直な感想を聞かせてください」

助言ではなくあくまでも感想を求めた。

「悪くはないと思う。取材もしっかりできてると思うよ。でもね」

星崎は少し考えるように言葉を切った。

「でも、なんですか」

真希はコーヒーカップを置いて身体を乗り出した。

「型にはまりすぎているというか、毎週読んでいるとパターンが見えてきちゃうんじゃないかな」

「どういうことですか」

少し声が荒くなった。

「取材はちゃんとできているよね。居酒屋という空間の中で起きる小さなできごとや、客の何気ないひと言。料理の味、店主の人柄、そんなものもちゃんと拾っている」

それなら何がいけないの。

「取材中に、『やった』って思うことがあるでしょ」

星崎は表情を変えずに真希の目を見ながら言った。

確かにいいコメントが拾えたり、面白いシーンに出会えたりしたら心の中でガッツポーズくらいはする。黙って頷いた。

「最近の真希さんの原稿を見ていると、その『やった』っていう部分をパターン化した文章の中にはめ込んでいるっていう感じがするんだ。『やった』の部分は確かに面白いから、いいんだけどね。それが生かし切れていないという感じかな」

「ちょっと待ってください」

一瞬で頭に血がのぼった。

「わたし、文章をパターン化なんかしていません」

言い方がきつくなるのは抑えられなかった。ライターにとって、今の指摘は屈辱的な言葉でもある。

「文章をパターン化しているのでなければ、仕事そのものをパターン化しているのかな」

星崎は真希の怒りをさらりと受け流すように冷静に言った。

「僕なんか、何度もやられたよ。わざわざプリントアウトした原稿を丸めて投げつけられた。その時の編集長の言葉は決まっていた。慣れた仕事してんじゃねえ、だ」

星崎は真希の目を見たままコーヒーカップを口にした。

来るんじゃなかった。

パターン化、慣れ。真希が最も気を付け、自分を戒めていることだ。そんなはずはない。絶対に。

いつもは優しさと感じる星崎の余裕のある態度にも腹が立った。

失敗しても次があるし、育ててもらえる正社員とフリーランスのライターでは立場が違う。いつ仕事がなくなるかわからない身で、そんないい加減な仕事をするはずないではないか。

「ありがとうございました。肝に銘じます」

真希は立ち上がり、星崎を見下ろす位置で言った。切り口上になるのは承知の上だった。

「約束がありますので失礼します」

自分の分のコーヒー代をテーブルに置いた。

星崎は黙って真希を見ている。

喫茶店を出ると街は夕暮れ時を迎えていた。オフィス街の居酒屋に明かりが点り始めている。秋が近づいているとは言っても、まだ昼間の残暑が街にとどまっている。不快感に拍車がかかる。

周囲を歩く平和そうな顔の男にも女にも嚙みつきたくなるような気になった。地下鉄の入り口に向かう足は自然と早くなる。

胸の中に渦巻くのが怒りなのか焦りなのかわからなかった。

星崎に言われたことで、よけいに胸の中が搔き回される。どこかで優しい言葉を期待していた自分にも腹が立っていた。

このままの気持ちで二人に会うのはつらい。それでもせっかくの席に行かないわけにはいかない。あの二人になら遠慮なく愚痴も言えるし、少しは気が晴れるだろう。

一人で頷きながら地下鉄の階段を下りた。


「かんぱーい」

三人でワイングラスを持ち上げた。

乃木坂にあるイタリアンの店だ。木目調の壁に厚い木のテーブルが雰囲気を出している。個室というのも気兼ねがなくてありがたい。

真希は久しぶりに見る大学の同級生の顔に心が明るくなるのを感じながらグラスに口を付けた。明日は原稿の手直しがあるので飲みすぎるわけにはいかないが、気持ちを切り替えて、今はおしゃべりと料理を楽しむことにした。

「料理はコースで頼んであるからね。味は私の保証付き」

山本幸奈が胸を反らして言った。大学を卒業してIT系の企業に就職したが、三年前に退社して仲間とIT企業を立ち上げた。国が促進を進めているテレワークのシステム構築や、企業や個人が利用できるサテライトオフィスの運営管理を中心に業績を伸ばしているということだ。学生時代から常に世の中の先端を行くのが幸奈だった。

「また乃木坂でワインを飲む日が来るなんて夢みたい」

須藤詩歩が感に堪えないという声で言って、白ワインのボトルを手に取り頬ずりした。大学を卒業して建設会社に就職し、二十四歳で職場結婚した。五年前に夫が会社を辞め、父親の経営する建設会社に後継者として入社し、今は夫の実家のある長野市に住んでいる。五歳の女の子と三歳の男の子の母親だ。久しぶりに子供を連れて都内の実家に帰ると連絡があったので、この日、三人で会うことになったのだ。

「子供は大丈夫なの？」

　真希が訊くと詩歩はにっこり笑った。

「うちの両親、まだまだ元気だからね。久しぶりの孫にデレデレ。あたしのことなんか見向きもしない」

　嬉しそうに言ってゆっくりワイングラスを傾けた。

「幸奈はＩＴ起業家、真希はフリーライターだもんね。二人とも頑張ってるよね。憧れるしうらやましくなっちゃう」

　詩歩が小さく首を振りながら言った。

「なに言ってんの。素敵な旦那と熱烈恋愛で結婚して将来は社長夫人。子供も二人。人生の勝ち組じゃない。ＩＴの起業家なんて聞こえはいいけど忙しいだけで自分の時間なんかほとんどなし。専業主婦がうらやましいわ」

　幸奈が前菜の生ハムを口に運びながら言った。

「冗談じゃないわよ。上の子が生まれてから五年間、自分の時間なんか全くないわよ。子育てと家事に追われて、あっという間に一日が終わっちゃう。旦那の両親や親せきにも気を遣わなきゃならないし。週休二日の勤め人と違って三百六十五日休みなしですからね」

詩歩が幸奈を睨んだ。

「人生いろいろか。真希はフリーライターで食べていけてるの？」

幸奈が顔を向けてきた。

「厳しいけど、なんとかやってる」

嘘ではないが、貯金を切り崩しながら、というひと言は呑み込んだ。

「幸奈はともかく真希は結婚すると思ってたけどね」

「私はともかくってどういうことよ」

「だって幸奈、私の結婚式の時に仕事一筋で結婚は考えないって宣言したじゃない」

そういえばそんなことがあった。

「私ね、この夏から婚活してるの」

幸奈がさらりと言った。

「うそ」「まさか」

真希と詩歩の声が重なった。

「どういう心境の変化なの」

詩歩が嬉しそうに身体を乗り出した。

「心境の問題じゃないの。自分の課題をクリアしたからよ」

幸奈はボトルを手にして詩歩のグラスにワインを注いだ。詩歩だけずいぶんペースが速い。

「今の仕事でちゃんと食べていける収入があって、この先も何とかそれを維持できる目途というか、自信がついたのよ」

幸奈は唇を湿らせるように軽くグラスに口をつけて続けた。

「お金は与えられるものではなく自分で稼ぐもの。女にとって大切なのは経済的に自立したうえで結婚すること。これが私の信条」

気負いもなくさらりと言ってのけた。

「幸奈らしいわ」

詩歩が心底感心したという声で言った。

真希も同感だった。自分で設けたハードルをちゃんとクリアして婚活とは幸奈らしい。

「で、どうなの。婚活」

詩歩の問いかけに幸奈はゆっくり首を振った。

「全くダメ。ろくな男がいない」

これも幸奈らしい。真希と詩歩は同時に噴き出した。

「笑うことないでしょ」

幸奈は抗議の声を上げて笑った。

「三十二歳って微妙な歳よね」

何気ないひと言だが真希の胸にはずしんと響いた。幸奈と違って仕事の先行きに明るい展望は見えず、まして結婚など夢のまた夢だ。

「真希は結婚する気ないの？」

詩歩が顔を向けてきた。

「何がなんでも結婚したいとは思わない。でも……」

弱気の虫が顔をのぞかせた。片意地張って生きていると、時々、無性に寂しくなることがある。

「いつも心の支えになってくれる人生のパートナーはほしいな」

正直な気持ちが口からこぼれ落ちた。

「その気持ちはわかるけど、それって結局、結婚ってことになるんじゃないの」

詩歩が首を捻って言った。グラスは空になっている。

幸奈がワインを注いだ。

「詩歩、ちょっとペース速くない？」

「大丈夫、久しぶりだし実家に帰るだけだもの」

幸奈が、まあいいか、と言って話題を戻した。

「事実婚って手もあるけど、世間的な安心感でいったら結婚ってことになっちゃうね。でも籍を入れたばっかりに、心が離れてもずるずる一緒にいるっていうのは最悪だけどね」

「でもねぇ」

詩歩がグラスを見つめながら言った。だいぶ酔いが回ってきているようだ。

「結婚生活の幸せなんて結局は妥協の産物よ」

詩歩はグラスをくるくる回し、揺れるワインを見つめている。

「でも、あんた幸せなんでしょ」

幸奈が正面から詩歩を指さした。

詩歩は一瞬戸惑ったような顔をしてグラスを置いた。

だらしなく顔を崩して笑った。何より説得力のある答えだ。

「へへへへ」

「あほらしい。さあ飲むよ」

幸奈が新しいボトルを選び始めた。

詩歩が、今度は赤がいい、と呂律の怪しい口調でリクエストした。

真希は自宅のマンションに帰ると、そのままベッドに身体を投げ出した。殺風景なワンルームマンションだ。今の収入で都内で住むにはこの広さが限界だった。

あの後、二本目のワインと料理を楽しみながら、仕事や家庭の愚痴を言い合い、笑い転げた。ボトルが空になったところで、ちょうどコースのデザートになった。

もう一軒とぐずる詩歩をタクシーに押し込めて、真希と幸奈は地下鉄に乗って家路についた。

楽しいひと時だったが、話が盛り上がれば盛り上がるほど、自分だけが取り残されているような気持ちになった。冷めた目で自分を見つめるもう一人の自分がいた。

幸奈も詩歩も着実に自分の道を歩いている。

それに比べて自分のなんと未熟なことか。情けなさに押しつぶされそうになった。せっかく頭から追い払っていたつもりの、編集長と星崎の言葉が耳元で聞こえた。同時に、ワインの酔いが頭を掻き回し始めた。

「駄目だ。なんにもわからない」

声に出して布団をかぶった。

決して心地よくない睡魔がまとわりつくように襲ってきた。


ドリンクバーのコーヒーは五杯目になっていた。

「これのどこがいけないのよ」

真希はノートパソコンのディスプレイを見つめ、朝から何度目になるかわからない言葉を口にした。

朝起きて熱いシャワーを浴びた。そのまま自宅で仕事を始めたが、どこをどう手直ししていいのか皆目わからなかった。

気分転換を兼ねて近くのファミレスに入ってランチを食べ、コーヒーを片手にノートパソコンに向き合った。結果は同じだった。

「こんな無駄遣いできる状況じゃないのに」

つぶやきながら冷めてしまったコーヒーを口にした。

『オンナの一人飲み』は連載から十二回を数え、評判も良かった。

今回は、下町の古い居酒屋が舞台だった。今は年金生活で、月に一度か二度、この店に来るのを楽しみにしている老夫婦がタイミングよく来店した。この夫婦と常連客のやり取りを中心に、真希も会話に加わった。

四百字詰めの原稿用紙で三枚程の文章だが、下町人情モノ風になって、なかなかの出来だと思っていた。

『勢いが感じられない、読んでいてワクワクしない、型にはまりすぎ、パターン化……』

パソコンのディスプレイを見つめていると、編集長と星崎の言葉が頭の中でぐるぐる回り始めた。

「だめだ」

いくら考えても先に進める気がしない。ノートパソコンを閉じて店を出た。

運よくフリーライターとして仕事ができるようになったが、所詮はこの辺りが限界なのだろうか。

焦りと不安で叫びたくなるような気持ちで街を歩いた。叫び声の代わりにため息をつくたび背中が丸くなった。


二十六階の展望台から見える街並みは夕闇に包まれている。

真希は自宅から渋谷に向かう途中の駅にある、オフィスや商業施設が入っているビルに来ていた。

ここから見る景色が真希のお気に入りだった。天気がいい日は、都会の街並みの向こうに富士山や丹沢(たんざわ)山系の山並みも望むことができる。気晴らしがしたくなるとよくこの展望台に上がる。無料というのがありがたかった。

今日は一日かけても原稿の手直しは進まなかった。いくらでも別の表現は浮かぶが、本質が変わらなければ編集長のオーケーが出ないのはわかっている。

仕事の焦りを無理矢理追い払うと、今度は詩歩と幸奈の顔が浮かんでくる。幸せな結婚生活を送る詩歩、仕事を充実させ自分のペースで婚活に取り組む幸奈。二人ともしっかり自分の人生を歩いている。三十二歳なら当然なのだろう。

考えがあっちに向き、こっちに行き、全く集中できなかった。

展望台の窓から街を眺めた。

ここから見える街の中に、いったい何人の人が暮らしているのだろう。何軒の飲み屋があって、何人の人がどんな気持ちで飲んでいるのだろう。そんなことを考えているうちに、すっかり日が落ちていた。飲み屋の明りがひときわ目立つ。

このところ飲みに行くと言えば『一人飲み』の取材だけだった。たまには仕事を忘れて飲むのもいいか。

そう思うのと同時に編集長の目が頭に浮かんだ。締め切りは明日の夕方だ。飲んでる暇なんてあるのか。編集長の大きな目が、ずんずん迫ってくる。

「うるさい。こっちにはこっちの事情があるの」

頭の中の目玉を握りつぶしてビルを出た。

飲み屋街はビルのすぐ近くにあった。

居酒屋、焼鳥屋、レストラン、創作料理の店。バラエティーに富んだ店が、路地の両側にずらりと並んでいる。

看板に明かりが点り、路地には焼鳥を焼く煙が流れてくる。仕事帰りの人たちで賑わっている。サラリーマン風の一人飲みの姿もある。女性が一人で入っても抵抗がない明るい雰囲気の店も多いが、今の気分にぴったりくる店が見つからなかった。

少し歩いていると、飲み屋が並ぶ路地から横に入る小道があった。路地の喧騒とは打って変わって人通りもない。先は行き止まりのようだが、途中に一軒、暖簾が出ている店がある。薄い闇の中に暖かそうな店の明かりがこぼれている。

店の前に立った。暖簾には『灯火亭』の文字。

入り口は清潔で、足元を見ると盛り塩がしてある。

大衆的な飲み屋が並ぶ繁華街にも、少し気取って値段の高い店があることは珍しくない。ここもそうだろうか。

「ちょっと、ごめんよ」

後ろから声をかけられた。

振り向くと、薄手のジャンパーを着た角刈りの男性が立っていた。

「ごめんなさい」

慌てて店の前をあけた。

男性は、すまないね、と言って真希の脇をすり抜けて引き戸に手をかけた。いったん動きを止めて顔を向けてきた。

「お姉さん、入るんじゃないのかい」

「いえ、別に……」

「この店なら心配ないよ。安くて旨い、いい店だよ」

日焼けした顔がほころんで愛嬌のある表情になった。

男性はそのまま引き戸を開けて店に入っていった。

真希もつられるように後に続いた。

「いらっしゃいませ」

作務衣姿の女性従業員の明るい声に迎えられた。

「大将。今日はお二人ですか」

「違う、違う。こちらのお嬢さんが、店の前で躊躇ってたから、ここなら大丈夫って言って教えてあげたのさ」

大将と呼ばれた男性は、楽しそうに言ってカウンターに進むと、先客の年配の男性に声をかけて隣の席に腰を下ろした。

「どうぞ」

女性の従業員が、大将と椅子を一つ空けておしぼりを置いてくれた。

さりげなく店を見回した。落ち着いたきれいな店だ。下町の居酒屋とはちょっと違う雰囲気だが、壁に掛けてあるお品書きの値段は極めて一般的だ。小上がりに座っている三人連れも普通のサラリーマン風だ。カウンターの一番奥にはトレーナーにジーンズの男性が背中を丸めて座っている。敷居の高い店ではなさそうだ。

「いらっしゃいませ」

椅子に座るとカウンターの中から声をかけられた。

顔を上げると優しい笑顔が真希を見つめていた。ショートカットに薄い化粧。切れ長の目に引き締まった口元は少しきつい感じを受けるが笑顔は優しい。

見た目は女性だが声の感じからすると男性のようだ。ちょっと変わった店なのだろうか。それでもとても落ち着いた気持ちになるのはなぜだろう。

真希はそんなことを考えながら生ビールを注文した。

ジョッキと一緒にお通しの皿が置かれた。

おからだ。小振りのお皿に、こんもりと盛り付けてある。ずいぶんおしゃれな感じだ。

おからの間から顔をのぞかせているグリーンピースの緑と細かく切ったニンジンの赤が

かわいらしくクリスマスツリーのようだ。庶民の味のおからが素敵な一品になっている。

さっそく箸でつまんで口に入れた。

グリーンピースとニンジンだけではない。鶏肉、椎茸、それに長ネギも入っている。

具材が小さく刻んであるので、おからと一体化して口の中に彩りのある味が広がる。

「お口に合いますかしら」

女装の店主が声をかけてきた。

「美味しいです。こんなおから料理初めてです。でも、ちょっと失敗しちゃったかな」

真希の最後のひと言に店主が首を傾げた。

「このお通しだったら、最初から日本酒にすればよかったかと思って」

初めての店なのにリラックスして言葉が出てきた。

店主は笑顔で頷いた。

「大丈夫だよ」

大将が声をかけてきた。

「この店なら他にもいろいろと美味しい料理があるからさ。ねえユウさん」

大将が言うと、隣の年配の男性も笑いながら頷いている。

おからを味わいながら、あっと言う間にジョッキが空になった。

「お酒にしましょうか」

大将に亜海ちゃんと呼ばれていた女性の従業員が声をかけてくれた。ぬる燗から熱燗まで好みでつけてくれるということだ。迷わず熱燗を頼んだ。

「何かお作りしましょうか」

ユウさんが声をかけてきた。

「じゃあ、日本酒に合うお料理で、あまり重たくないものお願いします」

この店なら、ユウさんに任せるのがいいだろう。ビールとお通しですっかり店の雰囲気に溶け込んでしまった。

「お待ちどおさま」

日本酒がきた。リクエスト通りのいい熱燗だ。

「これを召し上がってみてくださいな」

ユウさんがカウンター越しにお皿を差し出した。

受け取ると同時に甘い香りが鼻をくすぐった。ふろふき大根だ。

透き通るようにきれいに炊き上がった大根に黄色っぽいあんのようなものがかけてあ

る。適当な厚さの大根を二つに切って斜めに重ねている。これなら一人でちょうどいい量だ。

箸を当てると吸い込まれるように切れた。口に入れたとたんに、ほう、と声が出た。出汁と醬油がしっかり滲みこんでいるが、薄味なので大根そのものの味がちゃんと引き立っている。同時に口の中に爽やかな香りが広がった。あんの正体は柚子味噌だった。

すかさずぐい飲みを口に運ぶ。美味しい。

うかつにも、涙ぐみそうになった。お酒とお料理でこんな気持ちになれるものなのだ。

顔を上げるとユウさんと目が合った。

「美味しいです」

おからの時と同じ言葉を繰り返した。ライターとしては恥ずかしいが他の言葉は浮かばなかった。

「おそれいります」

ユウさんは笑顔で小さく頭を下げた。

ユウさんの笑顔と料理でどんどん店に溶け込んでいくような気持ちになる。今まで取材してきた一人飲みとは全く違う世界だ。

「このお店、一人で来る女性のお客さんていますか」

仕事を忘れて飲むつもりだったがつい訊いてしまった。

ユウさんは少し驚いたようだが、すぐに微笑みを戻して頷いた。

「ええ、常連さんの中にもいらっしゃるし、一人でふらりと入ってこられる女性のお客さまもいらっしゃいますよ」

「女性の一人客や夫婦で来るお客さん」

カウンターの年配の男性が静かな声で言って、真希に顔を向けてきた。

「そんなお客さんが来ると、ユウさんは喜んでずいぶん優しくしてあげるんですよ」

「俺たちオヤジにも優しくしてほしいな。きっと放っておいても他に行く所がないってわかっちゃってるんだな」

大将が焼酎のお湯割りのグラスを持ち上げて言った。

「あら、大将にも社長さんにも、優しくさせていただいているつもりですけど」

ユウさんが笑顔のまま不本意だという顔を向けた。

「そうですよ」

亜海ちゃんが大将の前に料理の皿を置きながら言った。

「ユウさんがお客さまに差をつけることなんてあるわけないじゃないですか。大将が一番よくわかってるはずですよ」

亜海ちゃんの言葉に大将は、はいはい、と答えて焼酎を口にした。

「お嬢さん」

社長と呼ばれた男性が声をかけてきた。

「この店はちょっと変わった店でね。目立たない場所にあるけど、ユウさんの笑顔と料理を必要としている人は自然に引き込まれてくるんですよ。これも何かのご縁ですから、お気に召したらまたここでお会いしましょう」

社長さんは、優しい笑顔で頷き真希から視線をはずすと、ぐい飲みにお酒を注いだ。ユウさんを挟んだ客同士の親近感と適度な距離感。このバランスの良さが居心地の良さになっている。

気持ちがほぐれたので、もう一つ訊いてしまおう。

「女性が一人で来ると、やっぱり気を遣いますか」

取材で居酒屋を訪れるたびに感じていたことだ。

最近は、女性の一人飲みが市民権を得ているとはいえ、やはり居酒屋は男社会だ。グループならともかく女性の一人客はどうしても異質な存在だ。男性の常連客や店の人が気を遣ってくれているので楽しめるという面は否定できない。

「男性でも女性でも、特に一人で居酒屋の暖簾をくぐる方は、お酒とお料理以外にも何かを求めているのじゃないかしら。店の人や他のお客さんとの触れ合いを楽しみにしている方もいれば、誰とも口をきかず自分の世界に浸って飲みたいという方もいらっしゃる」

ユウさんはそこまで言って、ちょっと表情を引き締めた。

「どなたにでも、お酒とお料理を楽しんでいただきたい。それだけしか考えていません」

気負いはないが自信に満ちた言葉だった。

真希は黙って頷き、視線をぐい飲みに落とした。お酒の飲み方は人それぞれで、求めるものも人それぞれ。当たり前のことだった。

ユウさんはどんな客でも喜んでもらえるように努めていると言っている。仕事だから当たり前といえばそれまでだが、一番難しいことなのかもしれない。

自分はどうだろう。

これまで『オンナの一人飲み』は、下町の人情店主に元気な女将さん、気さくに話しかけてくる常連客。そういう店が中心だった。その方向でもネタは尽きなかった。毎回、その店の特徴や個性的な店主や客を独自の視点と言葉で紹介することで、充実した内容になっていると思っていた。読み物としては面白いはずだ。

でも自分が伝えたいことは何か、読者がどう感じてくれるか。そんな大切なことを忘れていなかったか。面白く書けそうなネタが拾えたら、それで満足していなかったか。ただの情景描写になっていなかったか。読者を置き去りにしていなかっただろうか。

ぐい飲みを口に運んだ。空だった。慌ててお酒を注ぎ飲み干した。もう一杯。胸から腹にかけて熱燗が通り抜けていく。胸の中に別の熱いものが湧き上がり、そのままとどまっている。仕事ができるようになったというのは、勝手な思い込み、いや思い上がりだったのかもしれない。まさに慣れだった。二人にはそれを見透かされていた。恥ずかしさで肩がちぢこまった。

「どうかなさいましたか」

ユウさんの声で我に返った。左手に空のぐい飲みを持ったままじっと前を見つめていた。

「ごめんなさい。ちょっと仕事のことを考えてしまって」

ユウさんは黙って頷いた。

「お待ちどおさま」

亜海ちゃんが真希の前に料理の皿を置いた。

これは。顔を上げてユウさんを見た。

「熱燗をお好みの方なら、これがよろしいかなと思って」

ユウさんが楽しそうな顔で言った。

蕎麦(そば)味噌焼きだ。木のしゃもじに、蕎麦の実が入った味噌を盛り付けて軽くあぶって焦げ目をつけてある。元々は蕎麦屋の定番のつまみだ。ちびちびと口にする料理だから、量も少なめにしてある。それでもこれがあったら日本酒はいくらでも飲めてしまう。

箸の先にとって口に運ぶ。甘い味噌に蕎麦の実の歯応えと香り。青じそと白ゴマも入っている。ぐい飲みで熱燗をぐびり。

自分がこんなに酒好きだったのかと信じられないくらい嬉しくなる。

胸の中にあったもやもやが溶けていく。考え事をするのがもったいない。そんな気分にさせられる。

ふと気付くと、社長と大将がこちらを見ている。

「お二人とも、そんな目で見ちゃ失礼ですよ」

ユウさんは二人に声をかけると、はい、と言って蕎麦味噌焼きの載った皿を出した。

「お二人の分も、ちゃんと用意してありますよ」

「やっぱりユウさんは優しいなぁ」

大将が笑いながら皿を受け取った。

「哲平、お前もこれ好きだったろ。わけてやろうか」

大将がカウンターの奥に声をかけた。

トレーナー姿の男性が顔を上げて頷いた。

「哲平さんの分もありますよ」

亜海ちゃんが男性の前に蕎麦味噌焼きの皿を置いた。

哲平さんと呼ばれた男性も顔なじみの常連さんのようだ。

一人で静かに飲みたい人には余計な声はかけないが、お互いに気遣いはしている。居心地がいいはずだ。

せっかく美味しい料理が来たので熱燗のおかわりをした。

手酌で自分の世界に入った。

下町の賑やかな一人飲みは楽しくて魅力的だ。でもそんな飲み方を望んでいる女性ばかりではない。一人気ままに好きなお酒を飲み、美味しい料理を食べ、自分の時間を楽しむ。それが一人飲みだ。

好きな本を読みながらだってかまわない。周りの雑音に耳をふさいで空想の世界に遊ぶのだってありだ。

要は自分が納得できる店を見つけることが大事なのだ。記事を読んだ人が、こんな一人飲みをしてみたい、そう思ってくれなければ意味がない。

カウンターの中で料理を作るユウさんを見た。

お酒と料理と笑顔で幸せな気持ちにしてくれた。相手のことをちゃんと考えていれば、それは伝わる。雑誌の記事だって同じことだ。

徳利が空になった。もっと飲みたいが今夜はこの辺りが潮時だ。

「ごちそうさまでした」

立ち上がってユウさんに声をかけた。

「お帰りですか。ご満足いただけたかしら」

ユウさんが優しい笑顔で言った。

「ありがとうございました。ここで飲んで元気になれました」

「あら、それは嬉しいわ。またいらしてくださいね」

「必ず来ます」

本心からそう答えた。お勘定は予想の範囲内だった。

社長さんと大将に、おやすみなさい、と声をかけて店を出た。

熱燗で火照った身体に秋の夜風が心地いい。

横道から飲み屋の並ぶ路地に出た。まだまだ宵の口だ。どの店も賑わっている。

「みんな、明日も頑張ろうね」

見知らぬ酒飲みたちに心の中で声をかけて路地を抜けた。


「ずいぶん印象が変わったね」

星崎が原稿をテーブルに置いた。

夕方、出版社を訪ねたが編集長はまだ帰ってきていなかった。真希が来たら星崎に原稿を見せるように連絡があったということで、二人でこの喫茶店に来ていた。

昨夜はぐっすり眠り爽やかな朝を迎えた。原稿は一から書き直した。苦労はしたが、方針がはっきりすれば、その苦労も生みの苦しみというものだ。

舞台を灯火亭に変えた。ただし最寄りの駅名も出さず、女装の店主とも書かなかった。真希自身が知らなかった一人飲みの楽しさを、感じたままに書いた。

そしてお酒と料理だけではなく、こういう店と出会うことができて、ほんの少し幸せを感じたこともちゃんと書いた。

気になるお店があっても一人で入るのは不安でしょう。だったら仲のいい友達と行ってみて、気に入ったら次は一人で行ってみるのもいいかもしれない。新しい店を探して、自分にぴったりの店を見つけられたら、それは人生の新しいパートナーになる可能性もある。そんなことも付け加えた。

「この前は、僕も少し言い方が悪かったかな。怒ってる？」

星崎が、ちょっと困ったような表情で言った。

胸の奥で、ドクン、と音がした。笑顔もいいけど、こんな目で見られたら、まともに目を合わせられない。

真希は、胸の内を悟られないように、慌てて顔の前で手を振った。

「とんでもありません。編集長の言葉だけだったら、どこに向かって歩いていいのかわかりませんでした」

姿勢を正した。

「せっかくの助言に素直になれず、失礼な態度をとってしまい、申し訳ありませんでした」

真希は、両手を膝に置いて頭を下げた。

星崎は何も言わない。静かに頭を上げると、いつもの笑顔が待っていた。

「これなら編集長も納得してくれるよ」

星崎はテーブルの上の原稿を再び手に取った。

同時に真希の左側に並んでいる観葉植物の向こうの客が勢いよく立ち上がった。

「俺が納得する原稿ってのを見せてもらおうか」

真希と星崎は同時に声の方に顔を向けた。

「編集長」

二人の声が重なった。

大きな目が、しっかりと真希を見おろしていた。眉間には深いしわが寄っている。

橋爪編集長は、自分のコーヒーカップを持って席を移ってきた。星崎の隣に、どかり、という感じで腰を下ろした。

「社に戻る前に、ここのコーヒーが飲みたくてな」

「それで盗み聞きですか。趣味悪いですよ」

星崎が顔をしかめた。

「あそこしか空いてなかっただけだ。人聞きの悪いことを言うな」

橋爪は、どれどれ、と言って、テーブルの上の真希の原稿を手に取った。

真希は真っすぐ橋爪を見つめた。橋爪の目が文字を追っている。周りの音は聞こえない。

星崎に褒められたからと言って、編集長のオーケーが出るとは限らない。編集長の眉間のしわを見ていると、不安がこみあげてくる。

こらえ切れずに目の前のコップに手を伸ばした。冷たい水が喉を通り少しだけ落ち着いた。小さく息を吐いて審判を待った。

「よっしゃ」

橋爪が原稿をテーブルに置いた。

「できるんなら最初からやれ。面倒かけるな」

相変わらず口は悪いが、目は笑っている。

「何か見えてきたようだな」

橋爪はコーヒーカップに手を伸ばしながら言った。

「これまでの原稿は読者が、へぇそんな店があるんだ、そんなことがあったんだ、とし か思わない。今回のような原稿なら、それなら私も一人飲みしてみようかな、そんな 雰囲気の中に入ってみるのも悪くないな、という気にさせてくれる。この違いは大きい。 これからも、この方向でやってくれ」

真希は身体中の力が抜けていくのを感じた。ようやく息を整えて頭を下げた。

「ありがとうございます。次は、また下町の人情居酒屋に行きます。今までとは違う魅 力が出せると思います」

真希の言葉に橋爪が大きく頷いた。

「何があった」

橋爪が顔を向けてきた。眉間のしわは消えている。

「たった一日で、全く別人の文章だ。目の付け所が変わっただけじゃない。この記事で読者に何を伝えたいのか、何を伝えれば喜んでもらえるのか。押しつけがましくなく、それでもしっかり伝わってくる。誰かに相談したのか」

橋爪はちらりと、星崎に目を向けた。星崎が黙って首を振った。

真希は、昨夜の灯火亭でのできごとを話した。どこまで伝わるか自信がなかったが、あの店に行って道が開けたことは間違いない。

説明を聞き終えた橋爪が首を捻った。

「プロに相談したんじゃなけりゃ、そのユウさんっていう店主に人生相談でもしたのか」

やはり正確には伝わっていない。

「店で飲んでること自体が人生相談みたいというか、もちろん水晶玉が置いてあるわけじゃないし、ユウさんにそんなつもりはありませんけど、いつの間にか答えが出ちゃったっていう感じです」

我ながら拙（つたな）い説明だが、これが本心だった。

「よし、行くぞ」

橋爪が勢いよく立ち上がった。

「どこへ？」

星崎が橋爪を見上げて言った。

「決まってるだろう。灯火亭だよ」

こうなるのではないかと思っていた。できれば連れて行きたくないが、こんな時に橋爪の口から出たことを覆（くつがえ）すのは難しい。

灯火亭のことは秘密にしておけばよかった。真希は後悔しながら黙って立ち上がった。


「なるほど、落ち着く店だな」

灯火亭のカウンターに座った橋爪が、店の中を見回しながら言った。星崎はまだ仕事が残っていると言って会社に戻った。

「また来ていただけて嬉しいわ」

ユウさんが優しい微笑みを向けてくれた。

「いらっしゃいませ」

ユウさんが橋爪に視線を移して言った。

ユウさんのことは説明してあったので戸惑いはないようだ。

橋爪はこれからのことが楽しみだという顔で頭を下げた。

真希は、改めて自分がフリーライターであることと、橋爪が仕事先の雑誌の編集長であることを紹介した。

「お飲み物は何にいたしましょう」

亜海ちゃんが注文を取りに来た。

橋爪が生ビールを注文した。

「私はお酒を」

「熱燗でよろしいですね」

亜海ちゃんが自然に応え、板場の奥へ戻っていった。

「最初から日本酒か」

橋爪が笑いながら顔を向けてきた。

真希は、そうなんですよ、と答えてカウンターの向こうのユウさんを見た。

ユウさんはにっこり笑って頷いた。

生ビールと日本酒が一緒にきた。最初の一杯を一緒に始められるように熱燗が上がるまで待っていたのだろう。

「お疲れさん」

橋爪の声に合わせて最初の一杯を口にした。橋爪は豪快にかなりの量を喉に流し込み、ジョッキを置いた。

橋爪がお通しの皿に箸を伸ばした。

「ほう、こいつはいい。凝ったお通しを出してくれるんだな」

皿にはイカの輪切りとひと口に切ったゲソが三つずつかわいらしく盛られている。

真希もひと口いただいた。イカのバター焼きかと思ったが、全く違うこくがあり、甘さとほろ苦さが口の中に広がる。

すぐに日本酒をひと口。絶妙な取り合わせだ。

「わかるか。肝焼きだ。身を炒めたら最後に叩いたイカの肝をまぶすんだ。手はかかるがこれで最高の酒の肴になる」

橋爪は嬉しそうに言って箸を置いた。

「お通しがこれだったら、俺も最初から日本酒にすればよかったかな」

「編集長、大丈夫ですよ。この店なら他にもいろいろと美味しい料理がありますから。ねえユウさん」

真希は、昨夜の大将のセリフをそのままいただき、ユウさんに目を向けた。

ユウさんは、嬉しそうな顔で、はい、と答え、右手を口に当てて小さく笑った。

「俺、何か変なこと言ったか」

橋爪が不思議そうな顔でユウさんと真希を交互に見た。

橋爪は、まあいいか、とつぶやき亜海ちゃんに日本酒のぬる燗を注文し、お薦めの料理を二、三品と付け加えた。

「ユウさんとお呼びしていいのかな」

編集長がカウンターの中に向かって言った。

「こいつが、一日ですっかり変わっちまったんですよ。なんか背中に一本筋が通ったみたいでね。何があったんだって訊いたら、この店で飲んだだけだって言いやがるんでね」

「うちがお役に立てたのなら嬉しいですわ」

ユウさんは微笑むだけだ。

橋爪は黙ってユウさんを見つめている。

「お待ちどおさまでした」

亜海ちゃんが、ぬる燗の徳利と料理の皿を置いた。

皿には焼いた鮭の切り身とレンコン、それに椎茸が載っている。鮭は醬油を塗ったような色をしている。

「ほう」

橋爪が嬉しそうな声を出して箸をつけた。

「焼き漬けですね。これは旨い」

すぐにぐい飲みに手を伸ばした。

「焼き漬け……」

真希には初耳の料理だ。

「鮭の切り身をこんがり焼いて、醬油味の漬け汁に一晩漬けこんでおくんだ。漬け汁の加減が旨さの秘訣だな。これは今まで食べた中でも最高の味だ」

「編集長、よくご存じですね」

「だてに何十年も居酒屋通いをしてないよ。お前とは年季が違う」

橋爪はちょっと胸を反らした。

真希も鮭の焼き漬けを口にした。

きわめてシンプルな味だが、それだけに滲みこんだ醬油の味が鮭の旨みをしっかり引き出している。

「これなら、ご飯のおかずにもいけますね」

「日本酒は米だからな。どっちにも合うはずだ」

橋爪はユウさんをちらりと見てから手酌で酒を注いだ。

「これだな」

「え、どれですか」

真希は橋爪の手元のぐい飲みを見た。

「違う。この店の魅力の話だ」

橋爪はぐい飲みを干すと前を向いて続けた。

「深刻なことを考えていても、料理を口にすると、思わずほうっと唸ってしまう。その料理で酒を一杯飲めば、ああ幸せだ、となる。目の前にはユウさんの優しい笑顔だ。すっかり気持ちは落ち着く。人間の悩みの八割がたは、冷静になって考えれば出口が見えるもんだ。それを自分から深い方へ深い方へと進んでいって勝手に溺れてる。そんなもんだ。この店は、そんな客をひょいと浅瀬に引き上げて冷静に周りを見ることができるようにしてくれる」

橋爪は真希に顔を向けて、違うか、と言った。

昨夜の真希は確かにそうだった。料理が来るたびに深刻だったはずの悩みが姿を消す。そして落ち着いた気持ちでもう一度考えて答えが出た。さすがは編集長、実に的確な分析だ。

真希が、はい、と答えるのと同時に引き戸が開く音がした。

入ってきたのは大将だ。仕事の後輩だろうか。若い男性と女性を引き連れている。

大将と目が合った。

「やあ、昨日のお嬢さん、また来てくれたんだね。良かった、良かった。ねえユウさん」

大将は、ユウさんに顔を向けて、もう一度、良かった良かったと繰り返して小上がりに上がった。

「ずいぶん喜んでくれてるな。何かあったのか」

橋爪に訊かれたが、真希にもよくわからなかった。

「どういうことですか」

ユウさんに尋ねてみた。

ユウさんは大将の方をチラッと見てから、少し声を落として教えてくれた。

「昨夜、あなたが帰った後、大将はずいぶん心配していたのよ。あのお嬢さんまた来るかな。もし来たら、ここで飲んで悩みが少し解決したってことなんだろうな。来なかったら、まだどこかで悩んでるってことだものな。大丈夫かなってね」

思わぬ答えに振り返り大将を見た。若い二人と笑顔でジョッキを合わせているところだった。真希が見ているのに気付いた大将は、鼻の下に泡を付けたまま笑顔でジョッキを差し上げた。

「大将だけじゃないのよ」

ユウさんの声で顔を戻した。

「社長さんも同じだった。でも社長さんはこうおっしゃったの。大丈夫。来た時と帰る時では顔つきが全然変わっていた。何か解決のヒントだけでも見つけたのだろう、きっとまた飲みに来ますよ、とね。私も同感でしたよ」

初めて来た一人飲みの客のことをそんな風に思ってくれていたんだ。ちょっと鼻の奥が熱くなってきた。

「お前、いい店見つけたな」

橋爪がしみじみと言った。

「星崎だがな」

突然、話が変わった。

「会社を辞めて編集プロダクションを立ち上げるって話があるんだ。俺は相談されたときに、やりたいなら思い切ってやれと言った。星崎がいなくなるのは痛いが、あいつの人生はあいつにしか決められない」

思いもしない話に驚いて、何を言っていいのかわからなかった。

「その分、お前に依頼する仕事が増えるかもしれない。頼りにしてるぞ」

橋爪は手酌で酒を注ぐと、くいっと喉に流し込んで真希に顔を向けてきた。

「星崎とはこれからも付き合いを続けろよ。あいつはお前のことを買っているんだ。一本独鈷でいくのも大切だが、もっと素直に人の助言に耳を傾けろ。後ろにいる大将だってお前を心配してくれた。世の中ってのはそんなもんだ。もっとも」

橋爪は真希の顔を見て、にやりと笑った。

「昨日のお前はよっぽど情けない顔をしていたんだろうけどな」

急に恥ずかしくなりユウさんに訊いた。

「私、そんな変な顔していましたか」

「どうだったかしら」

ユウさんの笑顔はやはり優しい。

「何か大きな荷物を背負っているのはわかりましたよ。でもね、大人はみんな一生懸命頑張っている。社会でも家庭でも。楽をしている人なんて一人もいない。私はそう思っています。だからここに来ていただいた方には、精いっぱいのおもてなしをさせていただく。それが私の役割」

「そうだ」

橋爪が大きな声で言った。

「人にはそれぞれ役割というものがある。真希、お前はこれからもっともっと厳しい世界で生きていくんだ。生涯を賭ける自分のテーマもしっかり持たなけりゃいけない。フリーランスのライターなんて生易しい覚悟じゃできない。何度も壁にぶつかる。のたうち回って泣きわめきたくなる。そんな時も最後は自分で答えを見つけるしかない。でも支えてくれる人は必ずいる。それに」

橋爪はそこで言葉を切ってユウさんに視線を移した。

「この店があれば大丈夫だ」

橋爪の力強い言葉に、真希は黙って頭を下げた。

「ユウさん、こいつをよろしくお願いします」

橋爪が真希の肩を叩きながら言った。

「何もできませんが」

ユウさんは笑顔で頷いた。

「お前が羨ましいよ」

「橋爪さんも、またいらしてくださいな」

ユウさんが声をかけた。

「ユウさんには申し訳ないが、私は今後この店の暖簾はくぐりません」

橋爪がきっぱりと言った。

あれだけ褒めておきながら、何か気に入らないことがあったのだろうか。それにしてもユウさんに面と向かって言うことではないし、橋爪らしくない。

真希は慌ててユウさんを見た。

ユウさんは、変わらない笑顔で、はい、と頷いた。全てわかっているという顔だ。

橋爪が顔を向けてきた。

「お前さんが、ここに来たくなった時、俺がいるかもしれないと思ったら二の足を踏むだろ。心配するな。邪魔はしない。ここで一人ゆっくり一杯やれ」

橋爪は、いいな、と念を押してにっこり笑った。

橋爪編集長の笑顔もユウさんに負けていなかった。

最後は一人で解決しなければいけない。でも支えてくれる人はいる。素直に何でも聞いて、全部、自分のものにすればいい。胸の奥の方から熱いものが湧き上がり身体中に広がっていく。

「そうと決まれば、今日はもう少し飲ませてもらうか。ユウさん、何か美味しいもの、もう少しください」

橋爪は、お前も飲め、と言って、真希の前の徳利を手にしてぐい飲みにお酒を注いでくれた。

真希は頷いて、ぐい飲みを干した。

美味しい。

カウンターの中で料理を作るユウさんを見た。

不思議な人だ。ユウさんの横顔を見ていると、この店に来れば何があっても大丈夫なような気がしてくる。

女一人でこの世界を生きていく。意地も自負も必要だが、無理に強がることはない。

大丈夫、ここからがスタートだ。

小上がりから大将が料理を注文する声が聞こえた。

亜海ちゃんが元気な声で返事をした。

灯火亭の暖かな空気が真希を包み込んだ。

火点(とも)し頃に

引き戸を開けて一歩外に出ると爽やかな風に包まれた。秋の気配を感じる風だ。

夏の暑さを乗り切ってゆっくりとお酒や料理を楽しめる季節を迎えた。

いつものように作務衣の膝を折って店の前に盛り塩をした。

店に戻って板場に立ち、鰹節と昆布でたっぷりの出汁をひく。私にとって毎日の儀式ともいえる大切な時間だ。

店の中に温かい出汁の香りが広がる。

この香りに包まれながら、用意した食材で今日のメニューを考える。居酒屋の定番料理はもちろん、その日に入った食材でおすすめメニューを作るのが楽しい。

今日は魚を卸してもらっている顔なじみの鮮魚商が、どうしてもと言って置いていった魚があった。旬にはまだ早いが味は間違いないはず。それでもちょっと高級なので扱いをどうするか悩むところだ。あまり儲けは考えず、普段のご愛顧に応えて特別メニューにしようか。

野菜も季節のものがいろいろ入っている。こちらも楽しみだ。

出汁が仕上がるのを待っていたように引き戸が開いた。

亜海ちゃんが来るには少し早い。引き戸に目を向けると、大沢社長が顔をのぞかせている。

「ユウさん、ちょっといいかな」

社長がこんな時間に顔を出すなんて珍しい。

「どうぞ、お入りください」

社長は黙ってカウンターを挟んで私の前に腰を下ろした。

いつもは、すっと伸びている背中が今日は少し丸まっている。

「お酒がよろしいかしら」

私の言葉に社長は微笑みながら首を振った。

日本茶を淹れて社長の前に置いた。

社長は両手で湯呑を包み込むように持つと、ゆっくりと口に運んだ。

私は自分の湯呑にもお茶を注いだ。

しばらくどちらも口を開かずにいた。

どうやら、こちらから口火を切らなければいけないようだ。

「社長さん。水臭いですよ」

私は少し首を傾げて社長を睨んだ。

社長は、少し照れたように小さく頭を下げて、湯呑をカウンターに置いた。

「今日は女房の誕生日なんです」

「あら、それはおめでとうございます」

奥さまは社長より三つ年上の姉(あね)さん女房と聞いている。七十二歳の誕生日のはずだ。去年、心臓を悪くして入院していたが、今は退院してお元気にしている。月に一度か二度はご夫婦で灯火亭に来て料理を楽しんでいただいている。

「本当なら今日は二人で旅行に行っているはずだったんですよ。伊豆の下田(しもだ)温泉にね。結婚以来、まともに旅行なんて連れて行ったことがなかったんですが、まだ子供が生まれる前に一度だけ二人で行ったのが下田温泉だったんです。妻が今年はそこに行きたいと言うので、私も喜んで旅館の予約もしていたんですがね」

社長は言葉を切ると、いったん湯呑を口に当てた。

「ところが昨日の夜、妻が急に旅行に出るのが不安になったと言い出しましてね。退院してずいぶんたつし、医者は海外旅行でもなければ心配ないと言ってくれているんですが、旅先で何かあったら周りにも迷惑をかけると言って」

社長は寂しそうに息をはいた。

奥さまも、まだ老け込む歳ではないが、突然の入院だっただけに不安になるのも無理のないことだ。

社長が顔を上げて寂しそうな眼を向けてきた。

「私は、あと一年、七十歳で引退すると宣言して仕事を続けてきました。今は引退の準備も進んでいます。仕事から離れたら夫婦でゆっくり人生の晩年を楽しむつもりで、妻ともいろいろな話をしていました。それがねぇ」

社長は、ここから歩いて十分ほどの場所で輸入雑貨を扱う会社を経営している。自宅も同じ建物にある。

「大学卒業後に入った商社を五年で飛び出して、会社を立ち上げて四十年以上たちます。初めのうちは幼い子供を抱えた妻と二人三脚で走り続けました。苦労ばかりでした。それでも商売は少しずつ軌道に乗り、百貨店や大手の量販店との取引ができるようになって、少し余裕もできました。ところが、百貨店や量販店と仕事をしていると、お盆休みはもちろん年末年始もまとめて休むことができなくなりました。私はいい。仕事が楽しかったから。でもふと気付くと妻には何も楽しい思いをさせてやれないままでした。ようやくという歳になったと思ったら、妻の病気で一緒に温泉に行くこともできなくなってしまいました」

話を続けるにつれて背中が丸まっていく。言葉も途切れてしまった。

「社長さん」

しばらく待って声をかけると、社長は我に返ったように顔を上げた。

社長は一つ咳払いをして口を開いた。ここからが本題のようだ。

「妻が誕生日の夕食を灯火亭でしたいと言うんですよ」

あら、それは嬉しい。

「喜んでお迎えさせていただきます。何をお出ししましょうか」

「妻は、いつものようにお店に行ってユウさんのお薦めの料理を食べられたらそれでいいと言っているんですがね」

社長はそこで言葉を切ると難しそうな顔になって、また黙ってしまった。

「社長さん、最初に申し上げましたよね。水臭いですよって」

私が声をかけると、社長は苦り切った表情で頭を掻いた。

「ユウさんにお願いがあるんだ。妻はユウさんの料理なら何でもいいと言っているが、できたら何か祝いにふさわしい料理を作っていただけないだろうか。急な話で無理は承知のうえです。この店で我儘を言うのは心苦しいが、せめてもの私の妻への気持ちとして」

社長は、お願いします、と言って頭を下げた。

まったく、水臭いにもほどがある。それでもまじめな性格の社長ならではと思うとかえって嬉しくなる。

「お任せください。ご期待にそえる料理を用意させていただきます」

私が答えると、社長は大きく息を吐いた。ずいぶんな大仕事をした後のようだ。もう一つ大仕事をしていただかなくてはならないが、それは後にしよう。

私は板場に並んでいる食材に目をやった。

「今日は、いいキンメダイが入っていますから、これを煮付けとお刺身にしましょうね」

社長が、それはいい、と言って頷いてから、何かを思い出すように上を向いた。

「キンメダイといえば……」

　社長はわずかの間、考えてから、あっ、と声を上げた。

「昔、妻と行った下田で食べたな。何か地元の名物料理を食べようと言って、キンメの煮付けにしたんだ。妻は美味しいと言って大喜びしていた。私が最後に皿に残った煮付けの汁をご飯にかけて掻き回して食べたら、行儀が悪いとこっぴどく叱られた。それでよく覚えている」

　社長は身体を反らせて笑った。

「社長、今日入っているのは、下田漁港に揚がったキンメダイですよ」

「本当ですか。それは妻も喜ぶ。なんだかユウさんは最初から全部わかっていたようだね。参りました」

　社長がおどけた口調で頭を下げた。

　お刺身は、皮を付けたままの方がいいだろう。捌（さば）いてサクにしたら皮目に熱湯をかけて、すぐに冷水に浸ける。これで皮と身の間につまっている旨味をしっかり味わっていただける。何よりも鮮やかな赤がお祝いの席にふさわしい。

　他にも楽しみはある。

「社長さん」

私は板場に置いてあったざるを持ち上げた。

「ああ、これはいいね」

社長の顔がほころんだ。

ざるに入っているのは里芋、石川子芋と呼ばれる品種だ。

「嬉しいね。どう料理してもらえるのかな」

「柚子味噌焼きはいかがかしら」

さっきまでは衣被ぎを考えていたが、奥さまにはこの料理の方がお似合いだ。

「これは楽しみだ。ユウさんの柚子味噌は絶品だからね」

柚子味噌は、白味噌と味醂、お酒、砂糖、それに卵の黄身を鍋でゆっくり加熱する。絶えずかき混ぜながらゆっくり、なめらかに練り上げるのがコツだ。そこにすりおろした柚子の皮を入れれば香り豊かな柚子味噌ができあがる。

これができればあとは手順通りだ。

蒸した里芋の皮を剝いて竹串に刺し、軽くあぶったら柚子味噌を載せて、今度は少し焦げ目がつく程度に焼く。これで石川子芋の柚子味噌焼きのできあがりだ。

落ち着いた和皿に笹の葉を敷いて串を並べよう。優しい奥さまに似合いの料理になるはずだ。

「なんだか、待ちきれない気分になってきましたよ」

社長が嬉しそうに言った。

「里芋は数があまりないので、大将や美佐樹先生に見つからないように隠しておきましょうね」

少しおどけて言うと、社長も悪戯っ子のように微笑んだ。

「それはありがたいが、みんなに恨まれてしまうな」

いつもの社長の笑顔だ。

「ほかにも、お料理は考えさせていただきます」

「そんなに食べきれるかな」

「大丈夫ですよ。一皿は少なめにしますから、お二人でいろいろ召し上がってください」

私の言葉に社長は何度も頷いた。

「私からもお願いがあるのですけれど、よろしいかしら」

「ユウさんのお願いとは珍しいね。なんでしょうか」

社長が背筋を伸ばした。

「お誕生日のプレゼントはお決まりですか」

「いや、それは……」

思いもしなかったのだろう。社長は少し間を置いて続けた。

「ここでの食事がプレゼントと言えば、プレゼントのつもりなんだが、それではだめかな」

珍しく自信のない顔を向けてきた。

「さっき、おっしゃいましたよね。奥さまに苦労をかけてばかりで、何もしてあげられないままだと」

社長は黙って頷いた。

「会社を立ち上げた時は、奥さまも一緒に働いていらしたんですよね。一緒に汗を流して会社の基礎を作った。それは奥さまにとって誇りだと思います。そのうえ、二人のお子さんをしっかり育て上げた。苦労は多かったと思います。それをちゃんと口にして労ってあげてください。そして、ありがとう、と。男は照れたり、わかりきったことは口にしない、なんて言ったりしますが、女性はいくつになってもそれを待っているのではないかしら。今日はその言葉を誕生日のプレゼントにしてあげてくださいな」

　社長は少し視線を逸らして何かを考えているようだ。

「確かに、今の会社があるのは妻のおかげです。だが妻に礼を言ったことはないかもしれないな」

　社長は視線を戻し、にっこり笑った。

「今日は勇気を振り絞って言ってみますか」

　私は黙って頷いた。

　二人とも口を開かないまま、わずかな時が流れた。

「ユウさん、ありがとう」

　社長が目を細めて言った。

「私は今夜、間違いなく妻の笑顔を見ることができます。この歳で二人で心から笑顔になれる。こんな幸せなことはありません」

　社長の落ち着いた言葉が胸に沁みてくる。

「ありがとうございます」

私は静かに頭を下げた。

「忙しい時間に申し訳なかったね。でも寄って良かった」

社長が立ち上がった。

引き戸を出て社長を見送った。

後ろ姿の社長の背中は来た時よりも、しっかりと伸びているように見えた。

板場に戻り、店の中に広がる出汁の香りを胸いっぱいに吸い込んだ。自分の店の中に立っていることを実感できる。

「さて」

声に出して改めて食材を見た。

社長の奥さまに出す料理は他に何を作ろう。負担なくいろいろ召し上がっていただけるようにしなければ。

小振りの茶碗で茶碗蒸しを作ろうか。紅白の蒲鉾(かまぼこ)にエビ、それに小松菜を加えれば、お祝いにふさわしい彩りのある料理にできる。

季節を先取りして早生(わせ)の栗も入っている。締めは栗ご飯。ほんのひと口召し上がって季節を感じていただければそれでいい。

長い年月、力を合わせて生きてきたご夫婦のお祝いの場に選んでいただける。店をやっていて、こんなに誇らしいことはない。

壁の時計に目をやった。

そろそろ亜海ちゃんが来る時間だ。

今日は奥さまの特別メニューで忙しくなりそうだ。

でもお客さまは社長さんご夫妻だけじゃない。いつものようにしっかり準備を進めなければ。

今夜もいろいろなお客さまが、それぞれの人生を背負って暖簾をくぐる。どなたでも大歓迎。お酒とお料理で明日につながるひと時を過ごしていただきます。

それが私の店、灯火亭。

レシピ指導／福田芳子（料理家）

光文社文庫

文庫書下ろし

おもいでの味　よりみち酒場 灯火亭

著者　石川渓月

2019年6月20日　初版1刷発行

発行者　鈴木広和
印刷　萩原印刷
製本　ナショナル製本

発行所　株式会社 光文社
〒112-8011　東京都文京区音羽1-16-6
電話（03）5395-8149　編集部
8116　書籍販売部
8125　業務部

© Keigetsu Ishikawa 2019
落丁本・乱丁本は業務部にご連絡くだされば、お取替えいたします。
ISBN978-4-334-77863-7　Printed in Japan

R ＜日本複製権センター委託出版物＞
本書の無断複写複製（コピー）は著作権法上での例外を除き禁じられています。本書をコピーされる場合は、そのつど事前に、日本複製権センター（☎03-3401-2382、e-mail : jrrc_info@jrrc.or.jp）の許諾を得てください。

組版　萩原印刷

本書の電子化は私的使用に限り、著作権法上認められています。ただし代行業者等の第三者による電子データ化及び電子書籍化は、いかなる場合も認められておりません。